# 花蜜と蝶の戯れ

~崎谷はるひ作品集~

The flirtation of Nectar and Butterfly

Collection of Haruhi Sakiya



るひ

Sakiya

THE FLIRTATION OF NECTAR AND BUTTERFLY
Collection of Haruhi Sakiya

# CONTENTS

*Illustration*

冬 乃 郁 也

# 不埒なモンタージュ

illustration
タカツキノボル

（ダリア文庫）

## 溶かして欲しい、心も躰も――。

同性しか好きになれないことに悩んでいた真野未直（まのみすぐ）は、高校最後の夏に新宿二丁目に行く決心をする。しかし妙な連中に絡まれ、危ないところを強面の三田村明義（みたむらあきよし）に助けられ…。強面と威圧的な態度に反し、不器用な優しさを覗かせる明義に惹かれる未直。しかし必死のアプローチも全く相手にされず、明義はその正体すら教えてくれなくて――。

# 不埒（ふらち）なエモーション

画面のなかで、素っ裸の女が悲鳴をあげているのを眺めつつ、三田村明義（みたむらあきよし）は生あくびを噛み殺した。室内には新生（しんじょう）と、この春所轄署に来たばかりの新人である、松木（まつき）の三人がいる。部屋には三つのＰＣとテレビが設置され、お互い片っ端からビデオを確認していた。

『いやぁあああ、やめてえ、いやああ』

会議室のモニターには、全身を赤く染め、乳房を揺らす彼女は股間（こかん）もあらわに脚を開かされているのが大写しになっている。その狭間（はざま）に男の指が挟みこまれ、ぬめった音をたてているところまではＡＶによくある展開だが、問題なのはそのシチュエーションだ。

「どう考えてもこりゃ、軽犯罪法違反だろう。まぁ大股（おおまた）かっぴろげて、股間やわらけえなあ」

「ですねえ」と相づちを打つ新生も、平静な表情のままだ。

無修正のビデオのなかで繰り広げられるプレイは、わざとゆっくり街中を走り、ドアを全開にしたバンのなかでの公開レイプセックスショーだ。道行くひとたちがぎょっとする姿までを克明に映した映像は、日常と非日常の狭間に唐突に放りこまれた歩行者たちをも出演者のひとりに仕立てあげている。

「こういうのを道っぱたで見せられた善良なるイッパンシミンの皆さんってのは、動かないものなんすかねぇ」

人手が足りないからと、検分につきあわされている新生がうんざりつぶやくのに、明義はかぶりを振ってみせた。

「テレビか映画の撮影だと思うらしい。自分の日常にこんなもんが入りこむってのを基本拒否するんだろうよ。観ろ、笑ってる」

苦い顔で画面を指さすと、『見ないでぇ！』と泣き叫んでいる女の子を携帯カメラで撮影したり、指をさして『すっげえ』などと笑ったりしている歩行者たちがいる。その無邪気な残虐さにも胸が悪くなる。えげつないことこのうえない映像にうんざりして、明義は煙草(タバコ)の煙とともにため息を吐きだし、同じように目をしょぼつかせている新生に問いかけた。

「どこだよ、発信元は」

「海外のサーバーにあげてるようです。串も何重にも刺してるから、元をたぐるにもねえ」

さらっと答えたあと、室内にいるもうひとりに配慮して新生は声をちいさくする。

「……って、そんなもん、内部で調べなさいよ、三田村さん」

「おまえのほうが早いんだもんよ」

しらっと返せば、新生は眉間(みけん)に皺(しわ)を寄せた。

ライター崩れの情報屋である新生だが、堂々と警察署の会議室にあがりこむのはすでに慣れっこだ。気配を消すのがひどく得意な男で、顔の印象や雰囲気、場合によっては身長すら違ってみせることができる。

この日の彼は眼鏡(めがね)をかけたスーツ姿で、一見するとＩＴ系の業者ふうにすら思える。むろん、まだ新人でろくに署内の人間の顔を覚えていない男が立ち会いだという読みもあって、引きこんでいるのだ。

「これで何本観終わった？」

「ちょうど六十本っすね。とりあえず一年ぶんの『エモーション☆ビデオ』配信ぶん」

「月五配信かよ。お盛んなこった」

げんなりと明義は吐き捨てた。童貞少年が親の目を盗んで眺めるにはたいした刺激だろうけれども、こんなものを夜通し延々繰り返し眺め続けていれば、もはやただの肉色の物体にしか見えてこない。

山積みにされたビデオテープやＤＶＤは、先日摘発され、社長が逮捕されたアダルトビデオ制作会社のものだ。その会社はこのところ追いかけている暴力団の末端組織で、裏ビデオで荒稼ぎをしていたため、証拠品としてあらいざらいを押収した。

しかしこうしてマスターテープを押さえたところで、すでにインターネット上にはコピーや孫コピーが出まわり、無料ダウンロードをうたうサイトで毎日毎晩流れ続けている。

「あとは、サイバー対策課の仕事だな」

とりあえずきょうのぶんの検証は終わりだと、明義は証拠品の山を段ボール箱に突っこむ。うえの組織につながるなにかがないかと思ったけれども、ここにあるものからは、本当にただのエロテープしか出てこなかった。

徒労に終わった時間にも、精神的疲労にもため息を殺せないままでいると、弱々しい声が部屋のはしから聞こえてくる。

「三田村さん……俺、吐きそうなんですが」

口元を押さえて青ざめている新人は、新生と明義が平然と検分する間、静かなものだった。明義はもういちど「くわ」とあくびをしてから、笑って言い放った。

「なんだよ、無修正モン観るのはじめてか？」

揶揄（やゆ）すると、赤くなるどころかさらに顔色を悪くして、新人は声を硬くした。

「そうじゃなくて、こんなものを、これだけ大量に観るのは、ちょっと……」

「お姉ちゃんのアソコも隠されてりゃあ神秘の扉だが、丸出しになりゃあ、ただの内臓だしな。腹一杯って感じだろう」

「……もどしそうです……」

うぷ、と喉（のど）を鳴らしてみせる研修中の新人は相当神経が細いらしいと明義はあきれた。のっけでえげつない案件にぶつかったのは不運だが、慣れろとしか言えないし、この程度でいちいち気分を悪くしていては話にならない。

（頭でっかちなボンボンとは聞いてたが）

今年に入って刑事課に配属されたばかりの彼は、まだまだ現場経験が足りていないうえに、じつのところキャリア組でもあった。しかも典型的な、お勉強だけできて頭も神経も鈍いタイプの『ばかなボンボン』——通称バカボンは、入ってくるなり態度が悪かった。こういうタイプによくありがちだが、現場感覚を持たないくせにうえから物を言い、保身に走るときだけは反射神経が鋭い。さじを投げた周囲があきれ返り、明義と組まされたのが、つい先月のことだった。

そして明義は、なぜ自分にわざわざ若手をつけられたのか、初手の仕事で理解した。

「あしたは、おまえがこの残り観ちまえ。俺はあがるけどな」

「ええええっ!?　こ、これをですか」

「まだマシなほうだぞ。一応はノーマルプレイばっかだっただろうが」

「だってゲイビデオもありましたよ!?」

さも一大事、という具合で青ざめている新人に、心底あきれた。

一応本庁組ということで言葉だけは明義を立てるけれども、言動の端々に出世コースをはずれた男への侮り（あなど）が滲む（にじ）。だが本来は警視庁本庁所属の明義が新宿（しんじゅく）の所轄に押しこめられているのは、政治力や派閥をきらい、スタンドプレイの多さを咎め（とが）られているせいだ。

明義はこの所轄署でも厄介（やっかい）な行動を取ると浮いてはいるが、目のまえのバカボンほどには署員に見下されていない。ただ関わると面倒だということで、遊撃隊扱いで遠巻きにされてはいる。

その明義のもとに『わざわざつけられた』という意味が、まだ目のまえの新人にはわかっていないのだろう。

（いっそ鍛えられろってことなんだろうけどな。俺は幼稚園児のお守りじゃねえよ）

睥睨した明義は、苦い顔を隠さないまま怒鳴りつける。

「ゲイくらいでびびって、新宿で刑事やれると思ってんのか、アホ！」

大量すぎる在庫のため、手分けしての検分だった。裏ルートで取引されるビデオ映像が、無修正ごときなまぬるいということを新人はこれから知るだろう。

キディポルノやスナッフビデオなどが出てきた日には、さしもの明義も食事が喉をとおらなくなることもある。今回は新人だからと配慮され、比較的ソフトなものが選ばれたこちらにまわされていた。

（このバカボンが）

それなりに気遣われている——つまりはバカにされているのだが——ことも理解できないようでは、どうしようもなかった。

「もういい、おまえこの残りの段ボール箱持って、第一会議室のほうにまざれ！」

「ひっ……は、はいっ」

あわてふためき走っていく男の姿を見送って、まったく、と明義はぼやいた。背後にいた新生は、だて眼鏡をはずしながら「お説教役、お疲れさんでーす」と笑う。

「おまえはおまえで、けろっとしてんなあ」

「風俗絡みなんて、こんなもんじゃないっすからねえ。ま、眠いビデオでしたけどね」

にやにやとする新生にも疲労を募らされ、明義はがりがりと頭を掻いた。三日ほどこんなビデオを観続けて風呂にも入れていない。気を紛らわせるための喫煙の結果は大ぶりの灰皿のなかにうずたかく積みあがった吸い殻タワー。髪がヤニでべとついていた。

「ああ、くそ。もうこれ以上見ても、なんも出ねえだろ。バカボンも追い払ったし、俺は帰る。てめえも戻っていい」

「はいはあーい」

読めない笑いを浮かべながら立ちあがった新生の手には、ノートPCがある。残りのデータはおそらくそのなかに吸いあげられているのだろう。暗黙の了解で、ここを辞してからもチェックを頼んではいるが、しかし。

「……いいか新生、売るなよ」

「そこまでヤバい真似しませんってぇ」

てへっと笑ってみせる男はいまいち信用ならないが、明義が強く言えば逆らわない。

（相変わらず軽そうなわりにはうさんくせえ）

じっさい、新生というのが本名かどうかも、明義には把握できていない程度には謎が多い。しかしとりあえず、どちらについたほうが得なのかを知る程度には頭のまわる男だ。

「……きょうもお疲れさん」

会議室を出る際に、新生の手にはフラッシュメモリを握らせる。警備部から先日掴(つか)んだネタで、まだどこの雑誌にも新聞にもリークされていない、ある政治家の隠密スケジュールだ。むろん門外不出のデータだった。

「あんまりヤバいネタに手ぇ出すなよ」

釘(くぎ)を刺(さ)すのは、新生を訝(いぶか)ってのことだ。

(なにが目的なんだかな)

ライター崩れと自称しながらも本当に危険なネタを記事にしたことがない、そのくせ情報収集だけはしたがる。

うっすら笑うと、眼鏡のしたの鋭い目がちかりと光った。こうして飄々(ひょうひょう)とした表情を剥ぎ取った新生は、おそろしいまでの眼力を持っている。

「三田村さんも、あんま俺に首突っこまないで、嫁さん大事にしたほうがいいっすよ」

「突っこみたかねえよ。一応心配してんだ」

「あまいッスねえ。まあ嫌いじゃないですよ、そういうの」

笑みをやわらかくして、新生はその場を去っていく。妙にくたびれたと肩をまわして、明義も皺になった背広の上着を肩に引っかけ、会議室をあとにした。

「おかえりなさーい」

「……おう、ただいま」

三日ぶりの帰宅をすませると、真野未直が出迎えてくる。嬉しそうな顔を隠しもしない、素直な笑顔を見ていると、いろいろと胸焼けしそうだった署内での一幕に凝り固まった肩が、ふっと軽くなる気がした。

「う、明義さん煙草臭い……お風呂は？」

「入れるか？」

うん、とうなずいて上着を脱がせてくれる。

「あとね、ごはんも食べるならすぐできる」

「なんか残ってんのか？」

「あは、なんとなく帰ってくる気がしたから、ちゃんと作っておきました」

にこにこと笑うが、毎晩、戻らない明義のぶんも夕飯を作っているのは知っている。

嫁にしてやるなどと言ったせいなのか、もともとの性格なのか、とにかくいまどきの女性でもこうはいかないというほど、家での未直は献身的だ。出会いはストーカーよろしくつきまとってきたけれども、見かたを変えれば一途ということなのだろう。

「……どしたの？」

じっと見おろすと、澄んだ目が明義を見つめ返す。数日観続けたビデオのうち、痴態を演じる女たちのなかには、すでに淫欲に——おそらくは薬物にも——濁りきった目をした者が多く、よどんだ精神が滲むそれにもうんざりしていたのだな、とあらためて気づかされた。

「おまえは、きれいだよなあ」

「ええっ⁉ な、なにそれ」

抱けば反応はよく、若いぶんだけ淫らなことにも順応の早い未直だけれど、精神はすこしも汚れていない。そういう意味で発した言葉だったのに、妙に照れて赤くなるからおかしかった。

「ばか、顔の話じゃねえよ」

「あ、そ、そう……なんだ……」

笑いながら言ってやると、さらに真っ赤になってうつむいてしまう。ほっそりした首をまえにして、妙に高ぶる自分を知り、明義は自嘲気味に苦笑した。

「わ、なに？」

腕を伸ばして囲いこむと、煙草臭いと文句は言う。そのくせに抗わず抱かれる細い身体からは、清潔なにおいがして、ほっとした。

「なに、どしたの、明義さん」

「いや、いい嫁捕まえたと思ってな」

なにそれ、と言いながら未直は赤くなった。

若い未直は、ささやかなできごとであるとか、言葉の持つ痛みなどに過敏で、そのぶんだけ、さまざまなことに感動もしやすい。

過剰な刺激や人間の裏側を見て、すこしずつ鈍磨していく神経を自認するだけに、未直の若さはひどく眩しいし、感情を引きずられることも多い。若い感性とはそういうものだっただろうかとおのれを振り返る瞬間、明義はたしかに忘れていたなにかが心の裡に眠っていることを知る。殺伐とした日常の狭間、こういうやわらかいものが手のなかにあると実感するのは、悪くない。

「よし、風呂入る」

「って、えっ？　おれもう入ったよ！　ねえ、明義さんって……！」

抱きあげた軽い身体を振りまわしてやる。未直をからかう明義は、鬱屈を忘れた顔でからりと笑った。

# 不埒なテーブルマナー

いっしょに暮らすうえで、食文化の違いというのはけっこう、大きい。

そのことを、真野未直は三田村明義と同棲してから、つくづく感じることがあった。

とはいえ、基本的におおらか――というよりおおざっぱな性格の年上の恋人は、食にうるさいというタイプではない。口に入ればなんでもいいと考えている節さえあって、だから大抵のことは受け流されたし、未直もまた受け流していた。

だが、どうしても、許せないことはある。

「……あのさ、明義さん」

「あ?」

「口内調味って、知ってる?」

着古したスウェットの上下と、ラフな恰好(かっこう)をして目のまえに座っている男は、突然の質問に目をしばたたかせた。

「なんじゃそら。知らねえ」

「この間、テレビで観たんだけどね。たとえばこれ、お魚とごはんと大根おろし」

この部屋に引っ越したとき、新調したグリルコンロでこんがり焼けた魚は切り身の鰤（ぶり）。脂（あぶら）がのったそれは、商店街の魚屋さんが「とれとれだよ」とお勧めしてくれたものだ。

「しょうゆをかけた大根おろしと、魚と、いま明義さん、口に入れてすぐ、ごはんかきこんだだろ。で、そのあとおみそ汁、すすった」

「それがどうしたよ。飯はそうやって食うもんだろ。……あ、うまいぞ?」

褒めてなかったか、と軽く小首をかしげる明義の言葉は、素直に嬉しい。一応、ひとまわりも年下の未直の機嫌を損ねまいとするあたりも、正直かわいい。だが、そうじゃないのだと未直はかぶりを振ってみせた。

「その味のバランスっていうか、おかずとごはんと、口のなかに入れた段階で、いちばんおいしいって感じる状態に自分で調味する。これが口内調味。味覚の発達にもすごくよくて、海外の人間に較べても味蕾（みらい）が多い日本人ならではって説もあるんだって」

ふうん、と相づちを打っただけ、明義にしてはましかもしれない。くたびれ果てているときの彼は、未直の話すら聞いていないことが多いからだ。

「外国の食べ物って、一品ずつ出てくるだろ。パンをいっしょに食べることもあるけど、基本は主菜とは別々に味わうことも多いし、たとえばフランス料理で、おみそ汁と焼き魚みたいに、スープといっしょにステーキ食べることって、ないだろ」

「ああ、まあ、そりゃそうだな」

この日、ひさしぶりの非番だった。刑事という仕事柄、ほとんど年中無休状態で働いているためか、休みとなると本当に、ぐだぐだのだらだらになる。

それはべつにいいと思う。だが、どうしても明義の手元にあるそれが、未直は許せなかった。

「だからね、食べ合わせっていうかね、そういうのって大事だと思うんだ。外国人は口内調味の習慣がないせいで、完全に、口のなかで味が混ざるって感覚が、わかんないらしいけど。だからパフェ食べながら煙草吸ったりできるらしくて」

滔々と続く未直の言葉に、さすがに明義が眉根を寄せた。どうもこのうんちくが、自分への説教に向かっていると、ようやく気づいたらしかった。

「で……なにが言いてえんだ？」

「それ」

未直は眉根をぎゅっと寄せたまま、明義の手前にある灰皿の中身を指さし、言った。

「ほんとに、頼むから！　ごはん食べてる最中に煙草吸うのやめてって！」

明義についてたいがいのことは許せるけれども、未直がどうしても許せないのは、この悪癖だった。

「早食いも煙草も、クセになってるだろうししょうがないけど、いっぺんにやるのだけは、ほんとに勘弁！」

「ああ、悪い。おまえが飯まずくなるよな」

目をつりあげた未直に言われ、いま気づいた、というように明義は煙草を揉み消した。

「だから、おれじゃなくって！　明義さんまずくないの!?」

「慣れてっからなあ……」

んー、と無精髭の浮いた顎をさする明義に、未直は疲れたようにため息をつく。

ストレスの多い仕事をしている彼に、ああしろこうしろとは言いたくない。健康に悪いとは思うけれど、煙草も強く止めようとは思わない。いちど禁煙しようとしたら逆にイライラしすぎたあげく、口寂しさのあまり、ビーフジャーキーを年中かじって——ガムや飴は明義には物足りなかったらしい——胃の調子を崩したせいだ。

それでもやはり、あまりに不健康な生活習慣は、ほんのすこしでいいからあらためさせたい。

「ニコチン摂取しながら水分取ると、胃ガンになりやすいんだよ」

「わかったわかった。気をつける」

未直のまえでは、と口に出さないままつけくわえたのはすぐに理解できて、未直はむっと顔をしかめた。

「仕事中は休憩時間もろくにねえから、タバコ休憩の時間におにぎりだのカップラーメンかっ食らうんだよ。そのせいで、気にならなくなってたんだよなあ」

悪かったと苦笑いされて、未直は「怒ってるんじゃないよ……」とうつむいた。

知りあったばかりのころ、煙草ひとつ吸うにも気をつけていてくれた。未成年の未直が煙をいやがるのではないかと気を配ってくれたのも知れたし、明義はそういう意味では無神経ではない。

未直に慣れて、気遣いを忘れたというのなら、むしろちょっと嬉しく思う。だが、明義のこの悪癖が出るタイミングにも、未直はだんだん気づいていた。

「いまの仕事、すごく、大変？」

「俺の仕事で大変じゃねえことはねえよ」

食事を再開した明義に問いかけると、さらっと笑って流された。しかし、精悍(せいかん)な頬(ほほ)には無精髭のせいばかりでなく、影が濃い。

（知ってんだぞ……）

明義がこういう精彩を欠いた顔をして、食事中に煙草を吸ったとき。それはけっこう面倒くさい事件に当たっているときなのだ。

本人にも、仕事については詳しくならなくていいと言われているし、教えてももらえないけれど、暴力団関係の担当なのは知っている。そして未直はニュースだって観るし、新聞も読む。

食事中の煙草が出た数日後、大抵、どこそこの大きな組織がなにやらしたとか、凶悪犯の逮捕がどうとかいう話が話題になることくらい、いくら未直がぼんやりした大学生でもわかろうというものだ。

未直はもぐもぐと、ごはんと焼き魚を噛みしめた。口のなかがすこししょっぱいのは、味つけに失敗したせいではなく、鼻の奥がつんとすることに原因がある。

「……病院、行ったの」

「なんでだ？」

とぼけた明義のまとう衣服のなか、たぶん打撲なり切り傷なりがある。あぐらをかいた体勢がいつもと違うことだって、気づかないほどばかだと思われているんだろうか。

未直は食べ終えた食器をテーブルに戻すと、すこしだけ涙ぐんだ目でじっと恋人を睨んだ。

「怪我、どこ？」

「だから、なんで怪我したとか思うんだよ」

「エッチしなかったじゃん。疲れてたのに」

昨晩、明義は未直を抱かなかった。疲れきって帰ってきたとき、理性を失ってめちゃくちゃな抱きかたをする彼が、未直を抱き寄せるどころか、キスもろくにしようとしなかった理由だって、もういいかげん察しがつく。

「いつもはおれがやだって言ってもするくせに」

「なんだ、やりたかったのか？」

からかうような声を発した明義を、未直はぎっと睨んだ。

「正直に言わないと、泣くよ」

怒るでも拗ねるでもなく、これがいちばん有用なのだ。明義は、未直の泣き落としに弱い。ただのあまったれたそれならともかく、未直がいちばんべそべそするのは、彼を心配してのことが多いからだ。

「か、顔色だって真っ青で。ごはんだってほんとは、味わかってないだろ。だから煙草とか吸ってさ。明義さん、意識がずっとどっかいっちゃってるし」

それで具合が悪いとわからないわけがないだろう。そのくせ、なにも言わずにふつうの顔で「めし」と催促するだけだから、未直は「だいじょうぶか」と言うのもうまくできなくなる。

うつむいて、ずずっと鼻をすすると、大きな手が頭に乗っかった。

「心配すんな。ちょっと揉みあっただけだ」

「警部さんなんだから、もう、現場で乱闘とかやめなよ……」

「はいはい」

「適当に流すな！」

声をあげたら、ぼろっと涙がこぼれた。明義は苦笑して、伸ばした指でそれを拭う。

「し、心配させたくないなら、もうちょっと気をつけて」

「わかったわかった、飯時に煙草は吸わねえ」

「そーゆーことじゃ、ないっ……」

たいがいタフな明義が、ごまかすこともできないほど疲れているのがまずいと言っているのに。

眠るときも、いつもみたいにいびきもかかないし、静かにこんこんと眠りこんでいて、未直は何度も「生きてるのかな」と彼の寝息をたしかめてしまったくらいだった。

あんなに静かに眠る明義は見たくない。徹夜明けのとんでもないスケベさを発揮してくれたほうがマシだ。

「け、怪我、どんくらいなの。病院、行かなくていいの？　治療は？」

「つうかまあ、肋骨（ろっこつ）なんで、なんにもできねえし……」

ろっこつ、と未直はうつろな声で繰り返した。どうりで寝返りひとつ打たなかったわけだ。

「あ、こら」

目を剥（む）いたまま明義に近寄り、くたくたになったスウェットをめくった。そこには、伸縮性のベルトのついたコルセットがはまっている。

「……変だと思ったんだ。明義さん暑がりなのに、もう夏も近いのに、なんで長袖（ながそで）着てるのかと思って」

厚みのあるこれを、Tシャツではごまかせないと思ったのだろう。じわっとまた目を潤（うる）ませると「平気だっつうの」と明義が苦笑した。

「寝不足だったとこに、ちょっとぶち当たっただけだ」

その言いかたに引っかかって、「なにと」と地を這（は）うような声で問いかける。人間相手に『ぶち当たった』だけで肋骨を折るほど明義が弱いわけがない。

「まあ、なんだ。逃げようとして、そこらにあるバイクかっぱらいやがったんで」

「それは轢（ひ）かれたっていうんじゃない⁉」

「いや、だからそれを止めようとしたところで、倒れこんできたから」

あわてて避けようとしたところ、犯人の仲間の連中が車で威嚇してきたのを自分からフロントガラスに飛びついたと聞かされ、未直は一気に青ざめた。

「いやまあ、ほんとにたいしたことねえし、無事にあいつらも捕まえたし」

フォローしようとしたらしい明義の言葉に、未直は応えられなかった。ぼたぼたと大粒の涙をこぼし、年上の恋人を唸らせる。

「正直に言ったじゃねえか、……泣くなよ」

話が違うと明義はぼやくが、毎回心配する身にもなってほしい。えく、としゃくりあげた未直は、へたりこんだまま長い脚に身を伏せた。硬い腿に手を乗せて、あたたかくてほっとする。

「危ないこと、もうやめなよ。ほんとに明義さん、そのうち、死んじゃうよ……」

「そう簡単に死ぬか。勝手に殺すな」

ぽんぽんと頭を叩かれ、あまやかされているのがわかる。

すこし以前まで、こういう泣きつきは鬱陶しいのだろうと思っていて、未直は必死にこらえていた。だが、その考えをあらためさせたのは、明義の使っている情報屋で、未直とも顔見知りの新生だ。

——うざがられるかもしれないけど、だだごねして泣きまくっておけよ。

彼は彼なりに、明義の仕事の無茶ぶりを心配してはいるらしい。街中で偶然ばったり出会った際、当時の明義の仕事がやばい話に絡んでいることを教えられ——その際に、数日後の新聞やニュースに気をつけろと言われた——ストッパーになるのは未直だと言われたのだ。

もともとキャリア組だったくせに、無鉄砲なスタンドプレイがすぎて所轄にまわされている明義は、基本的に一匹狼（いっぴきおおかみ）体質だ。刑事の職務はコンビを組んで行動するよう義務づけられているはずなのに、ついていける相手がいなくて、ほとんど単独行動を取っている。そのフォローをするのが、外部の新生という状態なのが、彼がいかに組織から孤立しているのかを物語る。

——三田村のダンナも、無鉄砲なとこあるからさ。大人ぶって、理解するふりはやめとけよ。なんかありゃ、未直ちゃんが泣くって教えてやらないと、どこまでも突っ走るし。

思う存分、べったり重たく乗っかってやれと忠告されて、未直はそうすることに決めたのだ。

「明義さんになんかあったら、後追いしてやる……」

「おい、冗談でもそういうこと言うな」

怖い声でたしなめた明義に、未直は伏せていた身体をがばりと起きあがらせた。

「じゃあ、さっさと若い男見つけて、エッチしまくってやる！　そんで、エロオヤジのことなんか、すぐ忘れてやるから！」

鼻の頭まで真っ赤にしたまま怒鳴ると、明義は目をまるくしたあと吹きだした。

「笑い事じゃない！　ばか！」

「ああ、そうだな。オサナヅマのエロい身体、夜泣きさせたら悪いよな？」

言うなり、長い腕が伸びて抱きしめられた。ふだんとは違う硬さのある、広い胸にはっとした未直が押し返そうとすると「痛むから、抵抗すんな」とささやかれて動けなくなる。

「ず、ずるい、そういうの、ずるい」

「ずるくねえよ」

身動きの取れない状態で唇を求められ、痛ませないか、苦しくないのかとそわそわしながらのキスはぎこちなくなった。それでも膝のうえに乗せられ、腕を首にまわすように言われながら舌を含まされると、結局は抗えない。

煙草のにおいが残るキス。それでも明義の舌は未直にとって、このうえなくあまい。

もぞりと動いた手が未直の尻を掴んだ。乗っからされた脚の間がどうなっているのかは、触れた部分でわかっている。

「だめだよ、ちょっと」

あわてて太い腕を掴み、逃げようとすると、床に押し倒された。

「明義さん！　だめだってば！」

「うっせえよ。その気にさせといて、いまさらダメもねえだろが」

「そんなのおれ、してない！」

「してんだよ、あほ。あんな顔で泣かれて、なんで俺がムラっとしねえんだよ」

「意味わかんないし！」

部屋着のカットソーをめくりあげられ、まだやわらかい乳首にいきなり吸いつかれた。ちくりとする無精髭が未直の白い肌に赤い痕を残し、かすかな痛みに身震いする。

「やだ、ほんとにだめ、だめだって」

「暴れんな。痛えだろうが」

ずるい言いざまで抵抗をふさがれ、どうすればいいんだと思っているうちに、鼻唄でも歌う勢いで明義が服を脱がそうとする。

「だ、だ、だめ、ほんとに！　あ、あの、……し、したいなら、く、口でする。するから、ね、ね？　やめよ？」

未直としては必死の言葉だったのだが、なぜか明義は「ばか」と不機嫌な声を発した。

「ご奉仕しますってか。風俗じゃねんだぞ。出してえだけならマスかきゃいいだろうが」

明義は、自分が覚えさせたくせして、未直がこうして申しでるといつも不服そうだ。だいぶ以前、「これなら売り物になるか」などとやけくそで言ったひとことを、どうも根に持っているらしい。

「そうじゃないけど、だって、怪我……」

「痛ぇのなんか、たいしたことねえよ。ヒビ入っただけだし、激しくしなきゃいいだろ」

そんな穏やかなセックスができるくらいなら、未直とて心配はしない。こちらも負けじと顔をしかめてみせると、明義はしばしなにかを考える顔になった。

「……んじゃ、こうしたらどうだ」

にやりと笑う顔に、なんだかとてつもなくいやな気分になったけれども、毎度のごとく丸めこまれた未直は、まんまとベッドに連れこまれた。

＊　＊　＊

そして数十分後、きしきしと鳴るベッドのうえで、未直はいままでいちばん恥ずかしい恰好をさせられていた。

「……も、やだぁ……あっ、あっ」

「おら、ばててねえでちゃんと動け」

にやにやする明義はベッドヘッドに身体をもたれさせた状態で、対面に乗っからされた未直は、後ろ手に手をついたまま、ぎこちなく腰を振っている。

つながった場所が丸見えになるこの体位は、『帆(ほ)かけ茶臼(ちゃうす)』というのだそうだ。四十八手と呼ばれる体位はじっさいには数パターンの組みあわせなのだと、さきほどの口内調味のうんちくをやり返すかのように、妙に嬉しげな明義にあれこれ説明されたが、未直にはろくに意味がわからなかった。

ただ、恥ずかしい。とにかく、恥ずかしい。

「も、見たら、やだ……っ」

「うるせえな、激しくできねえんだから、視覚情報で補うしかねえだろ」

「ただ明義さんが見たいだけだろ！」

痛むんだからあまり動けないと言い放たれ、強引にこの体勢に持ちこまれるころには、未直もいまさら「しなければいい」とは言えないところに追いつめられていた。

お互い全裸になったけれども、明義の身体には肋骨を保護するコルセットが巻かれたままで、それを見るたびにびくっとなり、抵抗もなにもできなくなるのをいいことに、ふだんでもしないくらいの恥ずかしいことをされまくり、させられまくった。

舐められたし、舐めさせられたし、指を入れたまま延々感じるところを触りまくられ、そのくせ挿入するまでいくなと焦らして、どろどろになったところで身体のうえに乗せられてしまえば、もうあとは明義の言うなりになるしかない。

「いい眺めだよな。出入りするのが、丸見え」

「やだあ……」

「とろっとろになってんぞ。お、ひくついた」

「あぁあ、やだ、やだっ、言うなっ」

頭のうえで手を組み、未直が腰を振るさまをのんびり鑑賞している明義は、じっさい疲労も回復しかかっているのだろう。いつものあの、徹夜明けのしつこさを取り戻した男を涙目で睨むけれど、真っ赤な目のなじる視線に却って刺激されたらしい。

「もう、やだっ、また、お、おっきく……」

「未直がエロいからだろが」

ろくに動きもしない男のそれに、ぐぐっと内部を圧迫され、未直は思わず仰け反る。膝を閉じてしまいたいのに許されず、思いきり開かされた腿の内側がぬめっていて、じんじん熱くてたまらない。

ときどき、長い腕が伸びてきて、腿の内側や膝裏をくすぐる。胸は遠くて触れてもらえない。つながった場所のすこしうえ——硬く張りつめたそこには、意地悪でなにもしてくれない。もどかしくて焦れったく、せつない身体をどうにかしたければ、未直が自分で動くしかない。

「おまえ、ほんと身体やわらけえよな。そういや、股関節やわらかい女はイきやすいっていうけど、男はどうなんだろな?」

「あふ、あっ、あっ」

「……ま、一般論はともかく、未直は最初から感じやすかったな。好きだよなあ? くわえこむの。ぎゅうぎゅうに食って離さねえし」

大きく脚を開いたまま腰を上下に振っていると、ふらふらと股間のそれが揺れる。からかうようにぴんと指先で弾かれて、未直は「やん!」と叫んで顎を仰け反らせる。

「やん、ってな。えらいかわいい声出すな、未直。ほんとはこういうの好きか」

「す……き、じゃ、なぁ……いっ、あっ」

「嘘つけよ、さっきから濡れ濡れじゃねえかよ」

下唇を噛んで、こうなったらさっさといってもらうほうがマシだと思った。自分で動くのは、恥ずかしいし疲れるうえに、延々続く言葉責めで、頭のなかまでふやけそうだ。

（おれだって、ちょっとは、覚えたんだから）

見てろ、と内心拳を握って、未直は汗に湿った髪をかきあげ、ちらりと上目遣いに明義を見た。

「お？」というように眉をあげてみせた男をじっと見たまま、火照って痺れる指を自分の胸に這わせ、もうひとつの手をつながった場所におろしていく。

「あ……ん」

あまったるい声をあげながら、きゅんと尖った乳首を自分の指でつまみ、転がす。そちらに明義が気を取られている隙に、結合部のさらに奥へと素早く滑らせた。

「うあっ⁉　こら、なにしてやがる！」

「……へへへ」

明義の太いそれの根元をぐっと指で刺激する。案の定ひっくり返った声ににやりと笑った。

「これ、弱いの知ってるんだからね。どお？」

「ってめ……ほんっとに、ろくなこと覚えやしねえな」

ペニスへの刺激は男であれば万人が弱いけれど、その奥のデリケートな部分はひとによって感覚が違う。未直は単に感じるだけだけれど、明義はだめらしい。

「気持ち悪いんだよっ、ぞわぞわすっからやめろ！」

体感としては彼が口にしたとおりだが、なぜか硬度と圧迫感は増す。どうやら刺激が強すぎて、コントロールからはずれるらしい。

「知ってるよ。ここ、触ってると、いっ……イきにく、くなるん、んっ」

してやったりという顔で笑おうと思ったのに、いじるだけなかで暴れるそれに未直の息が切れてしまう。はあっとなまめかしく息をつき、悪戯する手を止めた未直はベッドのうえに両手をつくと、もうやけくそまじりで激しく腰を上下させた。

「あん、いっ……いい」

「開き直りやがって、このエロガキ」

「うる、さい、よっ」

ぎしぎしとベッドが軋むほど身体を揺すりながら、未直は艶冶な笑みを浮かべ、したたり落ちる雫をぺろりと舐めた。だが、そのあと発した声は、どうしようもなく震えている。

「どうせっ、おれが、しんぱ、い、したって、明義さん、聞かないし！」

「……おい」

「こんくらい、しか、仕返しもできなっ……」

ぱたぱた、とまた雫が落ちる。汗だと言ってごまかすこともできないのは、顔がくしゃくしゃに歪んでいるせいだ。

いつの間にか、卑猥な運動も止まっていた。肩を震わせて泣く未直に、明義がため息をついて腕を伸ばす。その手を未直は叩き落とした。

「なんだよ、ちょっと待っててよ。すぐイかせてやるからっ……」

「あほ。もういい。こっち来い」

「コルセットつきのオッサンなんかに抱きしめられたくないよっ」

「そこは我慢しとけ」

いくらべちべちと手を叩いても聞かず、結局はざらざらするコルセットに顔を押しつけられた。すすり泣く口元をふさがれ、濡れた頰を拭われて、額にもやさしく口づけられる。

「そう簡単に死ぬこたねえから、べそかくな」

「ひー……」

「あと、いじめすぎて悪かった。絶景だったんで、な」

「ばか、ばか、スケベオヤジ……っ」

「おう。こんなスケベオヤジにつきあいきれるのおまえくらいだから、見捨てんなよ」

もういちど深く口づけられ、ついでに乳首にも悪戯されて、冷めかけていた熱が再燃する。未直はもういちど明義を押し返し、さきほどと同じポーズで脚を開いた。

「……こんなの、見たいの?」

「どんだけ視姦されてっか、わかって言ってんだろうな」

「おれ、変じゃない……？」

「変になるほどエロいな」

ほんとは女の子のあそこのほうが見たいんじゃないの。ちいさく拗ねた声で問えば、「あほ」と笑った明義の大きな手が、未直の性器をきゅっと握った。

「あうっ」

「よがってんのが目に見えるってのは、かなりポイント高ぇぞ？　ほら、こすっててやるから、さっきみたいに、かわいくしてみな」

「ん……っ、し、してて」

やさしく揉みたてられ、目をあわせたまま未直はふたたび腰を上下させる。ふだんは明義に好き放題されることが多いから、自分のリズムで粘膜をこすりつけあうことはまだ不慣れで、けれど妙に興奮した。

「ね、いい……？　おれ、いい？」

「ああ」

本当はちょっと疲れてきたけれど、明義が嬉しげに目を細めるから、もうすこしならがんばれるかな、と思う。

（エッチく、見えるのかな……）

息を切らし、声をあげながら卑猥なダンスを披露していると、明義がちいさく唸った。

「……あー、やっぱ、だめだな」

「え、へ、へた？」

「じゃなくて」

ぐいといきなり腕を引かれる。だめ、と言う暇もなく体勢を入れ替えられ、いきなり脚を抱えられた。

「ちょっ、ま……あ、ああ！」

ずしんと頭に響くほど腰を打ちつけられ、強烈なそれに未直のそれが弾ける。

「どうもな、やっぱ、性分じゃねえし」

「あっ、やだ、イった、イったのに」

「出ただけだろが。イかせてやるから、そっちも腰振れ……って、言うまでもねえけど」

怪我人とは思えない勢いで腰を動かす明義は、身悶え（みもだ）える未直の薄い肩を押さえつける。言われずとも下半身は勝手に浮きあがり、激しく出入りする明義にあわせて、うねうねと蠢（うごめ）き、くねり、ときおり痙攣（けいれん）した。

だめ、だめ、とちいさく告げながら意味もなく明義の身体に手を這わせる。ふだんとは違う、汗に湿ったコルセットの感触が哀しくて、痛みを与えたらと怖いのに、きつく抱きすくめられるのはやはり嬉しい。

「いた、痛くない、の？　あっ、ね、ねえ」

「うっせえよ、集中しろ……」

心配で問いかけると、舌打ちした明義が唇をふさいでくる。噛みつくようなそれにちいさく悲鳴をあげると、大きな舌が入りこんできて未直のどこもかしこもいっぱいにした。

口蓋（こうがい）を舐める動きと、粘膜を抉（えぐ）るそれが同じリズムを刻んでいる。ぐちゃぐちゃと肉を混ぜる音が卑猥でたまらず、脳の奥までかき混ぜられている。

「あー……やべ、出る……」

ぼんやりした声で明義がつぶやき、未直の背中にぞくぞくしたものが走った。嬉しがる粘膜がぎゅうっと彼を抱きしめ、未直の細い腕は明義の腕を握りしめる。

「未直、いいか？」

「ん、い……だし、出してっ」

尻を打つ音が激しくなり、未直は爪先を反り返らせる。強く奥を抉られることで感じるようになった身体が、いつでもいいよと教えるようにわななないた。

ぐん、と体内で明義がさらにかさを増す。押しあげられた場所はいちばん感じるポイントで、未直は首を反らしてあえぐしかない。

「あ、あ、あ……っ」

「いくか？　ん？」

「い、いくっ、も、い……っ」

びくん、がくん、と身体が揺れた瞬間、明義がぐっと奥まで腰を押しつけた。思わず逞しい腰を掴み、手のひらが明義の尻に触れると、全部を未直に注ぎこむために硬く強ばっているのがわかる。

「んっ……んっ……！」

シーツのうえで軽く跳ねるほどに感じながら射精される感覚に耐えていると、長く大きい息をついた明義が倒れこんでくる。押しつぶされた未直はぐっと息を詰めたけれど、それ以上に呻いたのが明義だった。

「うー……っ、さすがにきつい」

「あ、だ、だいじょうぶ？」

途中からすっかり失念していた怪我のことにあわて、未直は意味もなく手をばたつかせる。けれど、低く笑った明義は身体を掴まえたまま離そうとしない。

「ばか、いまは痛くねえよ。いいセックスしたからな。脳内麻薬出まくってる」

「だって、きついって……」

髪を撫でる手の持ち主を上目遣いに見つめると、彼はにやりと唇を引きあげた。

「そりゃ、あんだけぎこちねえうえにへたくそな腰遣いで焦らされたあと、搾りとられりゃ、ばてもするだろ」

「そ、そんなの、だって、しろって言ったのそっちじゃないか！」

理不尽だと未直がわめくと、頬を片手に挟まれた。ぐにっと唇の横を掴んで尖らされ、未直はむうっと顔をしかめる。

「なにすん……っ」

妙な顔にさせるなと言おうとしたのに、そのままゆったり唇を吸われてできなかった。

「う……ん」

明義のキスは後戯になると、いつにもましてやさしくなる。激しかった時間の名残を惜しむようにエロティックで、うっかりするとまた火がついてしまいそうだ。

はふ、と息をついた未直のなかから自分のそれを引き抜いた明義は、身体を起こし、ぐったりした未直の細い脚を開かせる。

「ちょっと、やだってば……見たら……」

きょうはぜったいに生でやると言われ、コンドームはつけなかった。さんざん開きっぱなしにされたおかげでうしろはゆるみ、注がれたばかりの濁った体液が溢れている。

「拭いてやるからじっとしとけ」

「やだよ、自分でするって……やっ」

用意してあったタオルでそこを拭われ、余韻の残った身体がびくついた。後始末をされるのは恥ずかしいのだと何度言っても——いや、むしろ未直が恥ずかしがるからだろうけれど——明義はそれをやめてくれない。

そして、概ね(おおむ)の場合、ただ清めるだけではすまないのだ。

「あん、やっ、それ、拭いてるんじゃ、ないよ……っ」

タオル越しに刺激され、疲れているはずの身体がまた熱を帯びてくる。せっせと後始末をする手とはべつに、明義の唇がまだ汗に湿った腿や薄い腹部をついばむせいでもある。

焦らされたと明義は言ったがそれは未直の台詞(せりふ)で、この夜はまだいちどしか射精させてもらっていない。彼と寝るときは大抵、二度、三度と挑まれて涸(か)れ果てるまでされるから、身体はそれを期待してしまう。

だが、どうあっても視界から去らない、浅黒い身体から妙に浮いて見える真っ白なコルセットが、未直の欲情に歯止めをかける。

「もうだめだって、明義さん、寝ないと。ね？　やめよ？」

「おまえはやめられんのかよ、これ」

「だ、だから触るのやめてくれれば……って、ちょっと、ちょっとやだ！」

腿を掴んだ両手が思いきりそれを開かせ、よせというのを聞かずに食らいつかれた。ひっと息を呑(の)む未直は、のっけから強引にすすられて、腰から背中にかけてきれいなアーチができるほどに仰け反る。

「だめ、やっ、だめだったら」

「うっせえよ。からっけつになるまで出させてやるから、若い男は我慢しろ」

強引な愛撫に身悶えていると、ごく不機嫌に言い放たれてはっとする。

「ちょ、うそ……根に持った……？」

呆然としながらつぶやくけれど、返ってくる言葉はない。まだほころんだままのそこに指を添え、まだまだいじめてやるというように卑猥に動きはじめている。

「若さはねえからなあ。オッサンはせいぜい、テクとしつこさで、嫁に満足してもらわないとなあ？」

脚の間で、にやあ、と笑う明義に、未直は顔色をなくした。

「なんで!?　さっき、笑い飛ばしたくせに！　っていうか、だいたいそっちが心配させたのが悪いのに！」

「いらねえ心配するからだろうが。だいたい、あんな言葉で脅すやつがあるか」

ふんと鼻で笑った明義は、どこまで本気なのかわからない。けれどすくなくとも、たかがセックス程度で身を案じてやるのは間違いだったと未直は悟るけれど、すべてはもはや、遅かった。

「そんなのむちゃくちゃ……あっ、やだもうしない、しないよっ……だ、め！」

抵抗むなしく、ゆるんだ奥に指が入れられる。さっきよりずっと淫猥に動く指にあっという間に官能を引きずりだされ、あえいで身悶えるしかなくなってしまう。

「も、や……吸っちゃ、だめ、あー、あーっ、ぐちゅぐちゅしちゃだめっ！」

感じすぎた身体は、明義の頭を抱えこむようにまるまった。びくびくひきつる腿を撫でながら、本当に味わうように口のなかでもてあそばれた性器が、早い限界を訴える。

「俺の味覚がどうとか言ってたけどな」

あげく、べろりと未直を舐めた男の台詞は、最悪としか言いようがない。

「おまえが食えりゃ、腹はいっぱいなんだよ」

未直の顔は一瞬で赤く染まり、満足げに笑った男は、ふたたび股間に顔を落とした。

「つーわけで、いただきます」

「ばかばかばか……あっあっ、あ！」

ふざけた言いざまで絶頂に追いあげられ、未直は全身を震わせて快楽を解き放つ。

やわらかな肉に噛みついた男が、むろんこれだけですませてくれるわけもなく——結果、ふだんよりもずっと濃厚に、身体中を食べ尽くされた。

「も……心配、しない……っ」

「だから最初から、そう言ってんだろが」

未直の味の残る口に煙草をくわえた明義は、そう言ってごく満足そうに、「ごちそうさん」とつぶやいた。

# 不埒なスペクトル

illustration
タカツキノボル

（ダリア文庫）

## 臆病なその腕を、離したくない――

見目も頭脳も優れた堅物エリート銀行員・直隆は、派閥争いに敗れ閑職に飛ばされる。ヤケ酒で酔い潰れた所を、マキという青年に介抱されるが、彼にはある魂胆が。ゲイの弟を家から追い出した兄だと直隆を誤解し、弟の境遇に共感したゲイのマキは、復讐に男童貞を奪おうと…?! 無理矢理体を繋がされるも、直隆は何故か彼に興味をひかれ…。「不埒なモンタージュ」スピンオフ作登場!

# 文豪の名訳に対しての恋人たちの反応

恋人といっしょに暮らしはじめてから、いろんなことがあらためてわかってくるパターンはよくあることだと思う。

予想していたキャラと違ったり、生活習慣や常識のズレだったり。

けれど、名執真幸（なとりまさき）の恋人、尋常でない意外性の塊（かたまり）である真野直隆（まのなおたか）に関しては、毎日が驚きの連続だ。

いまさら驚くもない、と真幸は思っていたけれど、予想外の、そして案外ささやかなことにも発見はある、と知る。

「真幸、それはなんだ？」

ものすごく怪訝（けげん）そうな顔で問いかけた直隆の台詞に驚き、真幸は自分の姿を見まわした。

夏も盛りのこの日は休日、いつも忙しい直隆といっしょにちょっと寝坊し、だらだらとすごした。

夕飯をすませ、おやつにアイスでも食べようかと冷凍庫からとりだしたばかりだった。

タンクトップにハーフパンツという恰好は、朝からずっと同じだ。

真幸も直隆もあまり冷房が好きではないので、風通しのいいマンションのベランダは網戸にしてあるだけ。たしかにちょっと汗はかいている。みっともないのだろうかと、思わず腕のにおいを嗅いでしまった。

「お、俺、なんか変？」

「いや、真幸は変ではない。いつもどおりきれいだ」

「……それはどうもアリガトウ」

きっぱり告げられ、脱力する。

直球すぎてどうすればいいかわからない言葉にだいぶ慣れたが、どうしてこう、褒められて照れるよりさきに遠い目になるのだろうか。

「そうではなくて、手にしているものは、なんだと訊いている」

「なんだ、って……アイス」

さきほど冷凍庫からとりだし、袋から出したばかりのチューブ型アイスを真幸は掲げてみせる。

切り取り部分からふたつに分けられるこれは、年々改良されているらしく、真幸の子どものころより食べやすく、味もよくなっている。

とはいえ高校を出てからは、ちゅうちゅう吸いながら食べるというのがちょっとみっともないかな、などと思って遠ざかっていた。けれど、うっかりコンビニで見かけ、ひさびさに試してみたらはまってしまった。三十をすぎ、自宅仕事も増えたいま、誰が見るものかと開き直っているのだが、やはりおかしいのだろうか。

「あっ、もしかして食べたかった？　ごめん。直隆さん、あんまアイスとか好きじゃないって言ってたから」

「いや、そうじゃなく……それは食べものなのか？」

「……はい？」

真幸はまた目をまるくした。

「あの、これって俺らが子どものときからあるアイスだよ」

七〇年代後半には発売されていたというこれは、真幸にとっては馴染みぶかいものだ。その自分よりも五つ年上の直隆が知らないというのは、どうも解せない。だが直隆は、ふるふるとかぶりを振った。

「買い食いをしたことがないから、駄菓子とか、そういうものを食べたことがない」

「えっ。で、でもテレビとかでさ、ＣＭもいっぱい……」

言いかけて、真幸は黙った。直隆は基本的にテレビといえば公共放送のニュースしか観ないので、ＣＭなど流れない。

最近は真幸がいるから、バラエティなどを観ているときにつきあってもいるが、大抵は横で本か新聞を読んでいるため画面を観てはいないのだ。

「ちっちゃいころ、おやつとかどうしてたの」

「母がいつも手作りだった。アイスも、アイスクリーマーがあったから、それで」

「うお……なるほど」

納得だ、と真幸はうなずいた。

彼の弟である未直は高校卒業直前から料理に目覚め、現在は大学に通うかたわら、料理学校でも勉強している。

その腕は年々グレードアップし、いまではパティシエにもシェフにもなれるだろう、というレベルだ。

その未直に最初に料理を教えたのは彼らの母。料理の腕がいいというのは、とりも直さず舌が肥えていることでもある。

真野家の母は、いまどきめずらしいくらい完璧な専業主婦で、主婦業にも手抜きがなかったらしい。

兄弟ふたりとも、ちょっと天然だが所作やマナーは完璧だし、いやみではなく育ちがいいのだ。それもこれも、パーフェクト・ママのしつけのたまものだったのだろう。

だが、庶民の真幸としては、庶民の味も覚えればけっこういいぞ、と言いたくなる。

「えっと、食べてみる？」

「どうやって食べるものなんだ」

細いひょうたん型のパッケージが連なっているそれを、まんなかからふたつに分けて、片方さしだす。「ここのリングに指入れて、ひねって」と教えれば、おっかなびっくりの手つきがおかしかった。

「で、ちょっと手で包んで揉んで、やわらかくしてから吸うの」

「……手が冷たい」

「だからいいんじゃん。夏場は、学校の帰りとかにこれで涼んだの」

こうやって、と首筋にアイスをあてがったら、直隆は飛びあがり、真幸は笑った。

なんでも知っているような顔をする直隆が、子ども向けアイスのひとつも食べたことがないというのはとても不思議で、ちょっとかわいい。

「もういいんじゃない？」

「……む」

まじめな顔でアイスをやわらかくしていた直隆に告げる。おそるおそる口に運んでみた彼は、ひとくちすすってちょっと目を見開いた。

「けっこう、うまいな」

「でしょでしょ。でも本当は去年の季節限定、白桃スムージーが俺的にヒットだったんだけどね。でもこの定番、俺、好きなんだ」

いま食べているのは定番のチョココーヒー味。これはロングランで人気の味らしく、真幸が物心ついてから、ずっと知っている。

「たぶんね、ちょっとずつ改良はされてるだろうから、まったく同じ味じゃないんだろうけど。食べると、なんでか子どものころのこと一発で思いだすんだ」

当時、地元の野球チームに入っていた真幸は、夏休みの間中、毎日練習にかりだされていた。好きで入ったというより、少年クラブのようなものがあって、地域の少年たちはそこに在籍していないとなんとなくはみだしたような形になる。半強制的なもので、あまり楽しいと思ったことはない、と真幸はこぼした。

「アニキはね、野球好きだったみたいだから、楽しかったらしいけど。俺、そのころからインドア派だったしさ」

「そうか」

「でも帰り道に駄菓子屋さんがあって、そこでこれ買って帰るのがいっつも楽しみでさ」

夏の夕暮れ、草いきれのにおい。

好きではないぶん、へたくそな野球のおかげで手のひらにできたマメを、チューブアイスで冷やし、片手には、いつもなにかの草を握っていた。

「そうだ。直隆さん、けんか草って知ってる?」

「いや、知らない。そんな物騒な名前の草があるのか」

案の定、子どもの遊びを知らない彼に真幸は笑った。

「ほんとはね、酢漿草（かたばみ）っていう草で、クローバーに似てるんだ。それの茎の部分を折って、繊維だけにすんの。で、葉っぱ部分は残して、相手のと絡めるんだ。んで引っぱって、切れなかったほうが勝ち。だから、けんか草」

野球チームの仲間とは、野球よりそんな遊びをしているほうが楽しかった。

あのころはすべてが遊び場だった。

都内とはいえ下町方面の真幸の地元では、まだ土管も空き地に置いてあって、秘密基地も作り放題だった。

道路脇のブロックは危険な地獄から逃げるための唯一の手段で、奇妙な形に指を組むのは〝悪魔〟や〝菌〟から自分を護(まも)るためのおまじない。

チューブアイスは、想像力が世界の見えかたさえ変えていた、あの自由さを思いだすための鍵のようなものだった。

「真幸は、いろんなことを知ってるな」

「え？　や、こんなん誰でも……」

「わたしは知らないからな。そのころから、本を読むか勉強するかばかりだったし。鍛えたほうが集中できると、これも本で読んだから、剣道は学んでいたが」

聞けば、直隆の少年時代はやっぱり勉強まみれだったらしい。それも、親がやれと言ったのではなく自主的に、そうしたいからした、のだそうだ。

昼間は学校と学習塾、夜は剣道場の稽古(けいこ)に通って、ほとんど子どもらしい遊びはしなかったという。

「それって、楽しかった？」

「楽しい……かどうかはよくわからないが、充実はしていたな。点をとるのも、段位をあげるのも、達成感はあったし、自分でそうしたかったから、していた」

ちょっとだけ心配になったけれど、直隆の顔に後悔は見えないから、それでいいと真幸は思う。すこしひとと変わった感性の持ち主には、たぶん「子どもらしく遊べ」などというのはよけいなお世話なのだろう。

「ほんっとに、俺らって違うよなあ」

それでもいま、台所にふたりして立ったまま、行儀悪く口をすぼめて、子ども向けアイスを食べている。

なんだかそれがくすぐったくて笑ってしまうと「違っていてよかった」と直隆は言った。

「なんで？」

「わたしは、わたしのような人間はあまり好きではないからな。というか、好きな人間のほうが極端にすくないが」

「……あー、直隆さん、人見知りだもんねえ」

彼にとって好意を抱く相手は本当にすくない。尊敬や敬意、共感というのはちゃんと持ちあわせているけれど、自覚的に「好き」と思える対象が、非常に絞られるのだ。

「真幸は、いつもわたしの知らないものを教えてくれて、それがとても眩しい気がする」

「そ、そう……」

今度はさすがに、ふつうに照れた。

直隆の発言がちょっと変わっているのは、幼少期から読んでいたものが古典や文豪のものばかりで、一般的には使われにくい言いまわしも多い。だが語彙も大変に豊かだ。

笑ってしまうことも、あきれることも多いけれど、ここまで直球にうつくしい言葉で好意を示されると、そこまでいいものじゃないのになあ、と申し訳なくもなる。

チューブアイスの残りを、真幸は一気にすすった。ほどよく溶けたあまみが喉を滑り落ちていき、分別ゴミへとチューブを捨てる際、台所脇にある小窓から、夏の夜空が見えた。

そしてちょっとだけ思いつき、通じるかなあと内心わくわくしながらつぶやいてみる。

「月が、きれいですね」

直隆は無言だった。リアクションはなく、滑ったかなと気恥ずかしくなりながら振り返ると、チューブアイスをくわえたまま目を瞠っている直隆がいる。

「……それは言葉のまんまなのか、それとも漱石か？」

「へへへ、どっちでしょう」

夏目漱石が「I LOVE YOU」を「月がきれいですね」と訳したのは有名な話だ。賢い直隆なら知っているだろうと踏んでの言葉が通じて、ちょっと内心得意になっていると、めずらしくも照れたように笑った彼が言った。

「わたしは、死んでもいい」

お返しなのはわかっていたけれど、どかんと頭が爆発しそうになった。

「ふ、二葉亭四迷(ふたばていしめい)、デスカ」

ロシア文学の『アーシャ(片恋)』を訳するとき二葉亭四迷が「I LOVE YOU」を「わたし、死んでもいいわ」としたのは漱石に同じく名訳として有名だ。

言葉遊びなのはわかっていても、そんなあまい目をしながら言われてしまうと、うろたえる。おまけに直隆は、食べ終えたアイスをごみ箱に入れるついでに近づいてきて、肩越しにささやいてきた。

「ネタ元はそうだが、本心でもある」

「……やめてー！　ごめんなさい！」

真幸は耐えきれず、床にうずくまった。

「なんで謝る？」

「わかって言ってない⁉　ねえ⁉」

真っ赤になって両手で顔を覆っていると、くすくす笑った直隆に背中からのしかかられた。

「散歩にでも行って、けんか草見つけてみるか？」

「え、いまから？」

「楽しそうだしな。けんかしてみよう」

耳まで赤くなったまま、真幸はうなずいてちょっと笑う。

見あげた月は、本当にきれいで、死んでもいいなあ、とぼんやり思った。

# 花がふってくる

illustration
今 市子

（ダリア文庫）

## 恋ではないと判っていながら、その甘やかしに胸が疼き…。

大学助手の蓮実秋祐は、いとこの袴田涼嗣と同居している。同い年のくせに、際限なく甘やかしてくる涼嗣に、秋祐は密かに恋をしていた。近すぎる距離があたり前になっていた二人だったが、涼嗣が恋人・理名との結婚を決めたことから事態は大きく動き始める。秋祐は涼嗣への想いにピリオドを打ち、離れる決心をするが――。

# 花はあまく溺（おぼ）れ

週末を迎えた金曜日、袴田涼嗣（はかまだりょうじ）は友人である佐伯信也（さえきしんや）のマンションへと向かっていた。

ひさしぶりに話したいことがある、などとまじめな声で言われ、すこし驚いていたのは事実だ。

周囲から、控えめにいってあまりくだけたところがないと言われる涼嗣とは違い、いつでも軽妙な笑みを絶やさない悪友の真剣な声はめったに聞けるものではない。

（預金の運用の話でもあるのか？　昇進祝い……はこの間、もらったしな）

証券会社のディーラーである涼嗣は、先日、三十の誕生日を目前にして、課長への昇進をほのめかされた。まだ正式な辞令は出ておらず、内々の話ではあったけれど、ほぼ確定なのは間違いない。その際、佐伯は『前祝い』と称してその日の飲みをおごってくれた。

――どうしても、おまえに話しておきたいんだ。時間取れたら、ウチ来てくれよ。

基本的に、あまり相談事などされたことのない相手に、そうまで言われるのはめずらしい。なんの話やら見当もつかないまま、涼嗣は彼の暮らすマンションへとたどり着いた。

（予定より三十分早いか。まあ、いいだろう）

大学時代からずっと同じ部屋に暮らしている佐伯の住まいは、五階建てでエレベーターもない。

一部上場企業に勤める彼の収入を考えると、いささか質素にも思えるほどだ。だが、中古の賃貸で間取りはそこそこある、この2DKのマンションを、佐伯は気に入っているのだと言う。

――俺、不精だし。こんくらいの狭さのほうが、掃除も楽でいいしさ。

見場が派手なわりに案外堅実で、華美な暮らしをきらう友人らしいと、涼嗣は好ましく思っていた。だが、慣れた階段をのぼったさき、角部屋である佐伯の部屋のまえで繰り広げられた光景には度肝を抜かれた。

「ちょっと、やめて、もう！　離して！」

「やだよ。ここで離したら、おまえ、逃げるだろ」

言い争っている男女の片割れ、こちらに顔を向けている悪友は、抵抗する女性の細い腕を掴んでいた。そして二、三、小声でなにか言葉を交わしたあと、舌打ちしてぐいと女性を抱き寄せる。

「お……」

思わず出かかった声を、涼嗣はあわてて呑みこんだ。佐伯がそこそこ遊んでいるのは知っていたが、友人の濡れ場に出くわしたのは、さすがにはじめてだ。

一応は公共の場で交わすには、長く濃いキスだった。抵抗していた彼女も、一瞬だけすがるように広い胸に指を立て、シャツを掴む。

（つと、これじゃデバガメだ）

望んで見たわけではないが、まるで自分が覗(のぞ)き見しているような気分にさせられ、とっさに目を逸らす。その瞬間、怒りに染まった声がした。

「なに考えてるのよ！　ばか！」

　ばちん！　という派手な音とともに、佐伯の端整な顔が派手に殴られた。肩で息をした華奢な女性は、渾身の力をこめたのだろう。頬はみるみるうちに赤くなり、あまりに痛そうな光景に、涼嗣は思わず顔をしかめてしまった。

　そして、憤然ときびすを返した女性の顔を見て、今度こそ目をまるくする。

「――理名？」

「涼嗣!?」

　一年ほどまえ、紆余曲折あって別れた、結婚直前までいった牧山理名の登場に、涼嗣は硬直していた。理名もそれは同じようで、ほっそりしたきれいな顔はしばらく凍りついていたけれど、立ち直りは彼女のほうが早かったらしい。

「はめたわね、信也！」

「はめてねえよ。つーか、俺は話があるっつったのに、理名がさ……」

　ごにょごにょと言葉を濁した佐伯の服装をよく見ると、ボトムスのまえは開いているし、シャツもボタンがはずれ、だらしなくよれている。

　思わず理名を見れば、こちらもルージュが滲み、いつも隙なくセットしている髪も乱れ――どうやら、いま交わしたキスだけですまなかったらしいことが察せられた。

（ていうか、いま、理名って、呼び捨てたよな。あっちも、たしか、信也って）

唖然（あぜん）としていたものの、涼嗣は不思議と冷静に観察していた。かつて彼女であった理名を紹介したのは彼女と同じ会社にいる佐伯だったが、涼嗣とつきあう以前には名字で、つきあっている間は『理名ちゃん』と、そう呼んでいたはずだ。理名も、同僚である彼を『佐伯くん』と、たしかそう呼んでいた。

探るような涼嗣の視線に気づいたように、佐伯はにやっと笑ってみせる。

「べつの意味ではめたのは、はめたけどさ」

「ばっ……なっ……」

理名が顔中を真っ赤にするのを見て、涼嗣は「お？」と目をまるくした。

常に冷静で落ちついていた彼女は、涼嗣とつきあっていた間中、こんなに感情を激したことがない。それこそ、結婚直前までいきながら別れを申しでた瞬間ですら、涙をこらえて微笑んで見せるくらいに、プライドの高い女だったのだ。

「信じられない……最低……ほんとに最低」

なのにいま、理名はわなわなと震え、唇を噛んで罵（ののし）る言葉を探している。いつでも的確に感情と言葉を操っていた元彼女の意外な姿に、涼嗣は不思議な気持ちになった。

睨む理名と見つめる佐伯の間に、火花が散っている。どういうつもりで佐伯が自分を呼びだしたのかはわからないが、この場合話しあうべきなのはこのふたりではないだろうかと、涼嗣は口を開いた。

「もしかして、俺は出直したほうが」

「いいえ！　わたしが帰りますから！」

憤然と理名が言葉を遮り、ヒールの音も高く涼嗣の脇をすり抜けて去っていく。またも唖然としたのは、鬼のような形相の理名が、それでもすこしも心を冷やしていないのがわかったからだ。

しばしそのうしろ姿を眺めて、涼嗣は佐伯に向き直った。

「追いかけなくていいのか」

「んー、まー、たぶんいまは、なに言ってもだめ？」

あはは、と腫れた頬を押さえた佐伯が苦笑するのに、涼嗣は肩で息をつく。

「なにがどうして、この状況だ」

「それ話そうと思って呼んだんだけどな……とにかく、入れよ」

疲れたように手招きをする悪友は、涼嗣と同じほどの身長がある。対して理名は、女にしては背の高いほうとはいえ、ヒールを履いてなお佐伯よりも十センチは低い。そのせいか、顎のあたりには爪でついた引っ掻き傷があって、涼嗣はまた妙な気分になった。

佐伯に続いてあがりこんだ部屋は、もう何度も訪れている。だが、あきらかに以前の記憶と違うなにかがあって、しばし観察したあげく、小ぎれいに片づいていることに気がついた。居間ともいえないメインルームには、オーディオ類とラックにローテーブルがひとつ。一時期使っていたひとりがけのソファはなくなっている。

なにより、鼻先にあまい残り香が感じられる。理名の好んでつける香水を、まだ覚えている自分にすこし、驚く。そして、続き間になっている寝室には――なんとなく目を向けるのは避けた。

「まあ座れよ」

涼嗣が床のラグに腰をおろすと、佐伯は冷蔵庫から六本パックのビールセットをとりだし、一本を涼嗣に渡した。そして自身もテーブルの向かいにあぐらをかいて、冷えたビールを缶から直接あおる。

「……で。いつからつきあってる?」

プルタブを押し開けながら涼嗣が問うと、喉を鳴らしてビールを飲み干した佐伯は、大きく息をついて缶を握りつぶす。

「つきあってるっつーか……することするようになったのは、去年の夏くらいっつうか」

いつの間にやら、ボトムスのまえは閉めたらしい。首筋に手のひらをあて、疲れたように鳴らしながらの佐伯の言葉に、なぜと問うのもばかばかしいかと涼嗣は苦く笑った。

「俺がきっかけか?」

「まーねー、理名とはホントにただの同僚だったしさあ、俺的にもそういうつもりなかったんだけどさあ」

言葉を切り、佐伯はじろりと睨んできた。

「……誰かさんが、彼女の恨み買う真似してくれっから、いろいろやりづらくてさ」

「それは、悪かった」

涼嗣は軽く手をあげ、謝意を示すしかない。

「チームで組んで仕事する身としては、悪友の所行で敵愾心持たれちゃ困るわけ。だからいろいろフォローしたり、やつあたりされたりとか、飲みにつきあって泣きつかれたりで……あとは言わなくてもわかるだろ」

慰めるうちに、うっかり身体も慰めたというやつか。うなずいてみせる涼嗣を見る佐伯の目は、複雑なものを滲ませている。

かつての男である自分への嫉妬と、理名を傷つけた怒り、そして、友人と『兄弟』になってしまった微妙な気分。涼嗣も最後のひとつには同感で、なんともつかない顔になった。

「この場合俺は、すまんと言うべきか、それとも感謝しろと言うべきか、どっちだ？」

「どっちもいらねえよ、ばか」

言ったとたん、肩を拳で小突かれた。眉をあげてみせると、佐伯は長いため息をつき、もう一本ビールのプルタブを開ける。

「きょうの話ってのは、このことだったのか？　理名を呼んだのは？」

「うん、まあね……」

「もしかして、俺が来るってことで、揉めたのか？」

「あー、いや、それは、さっきおまえが来るまで、理名は知らんかった」

ごきゅごきゅと喉を鳴らす佐伯の言葉に、涼嗣は話が見えずに眉根を寄せる。ではあの怒りはなんなのだと目顔で問いかければ、佐伯は開き直ったようににやりと笑った。

「言っておくけど、迫ってきたのは理名のほうだからな。部屋呼んだから、ソッチの意味だろって思ったらしくて、ここに来るなりうちゅーっと。したら火ぃつくし？　話どころじゃねえだろ？」

涼嗣と佐伯のつきあいだ、いまさらセックス絡みの話で鼻白むほど子どもでもない。だが、どうにも微妙な気分になったのは、理名から部屋に入るなりセックスを迫られたことなどいちどもなかったせいだ。ふたりとも似た者同士で、テンションは常に一定だったせいか、あまり乱れた覚えもなかった。

「まあ、大人なんだから、それはべつにいいだろう」

理名の件でなまなましい話になるのはさすがに避けたいと、涼嗣は適当に受け流した。だが佐伯はおかまいなしに言葉を続ける。

「うん、いいんだけどさ。一応前説しとこうと思ってた時間、ベッドで使っちゃったのも、まあいいと思うんだけどね」

「じゃあ、なんなんだ？　悪いが、元カノと悪友のベッド事情を詳しく聞くのは、さすがに俺もごめんだ」

悪趣味だろうと顔をしかめた涼嗣を、佐伯はじっと見つめる。

「……涼嗣は吹っ切れてんだよなあ。当然だよなあ。おまえがふったんだもんなあ」

「絡むなよ。いったいなにが言いたいんだ」

視線の強さに涼嗣がたじろぐと、ふっと彼は息をついて、目を逸らした。

「ていうかさあ、俺はさあ、理名をおまえに面通しして、いまはあいつも俺の彼女になったんだって、いいかげん、自覚してほしかったんだよ」

苦いものの滲んだ声に、涼嗣は思ったより状況が複雑なのかもしれないと悟った。さきほど佐伯は『することするようになったのは』とは言ったが、『つきあうようになったのは』とは言わなかったことに、いまさら気づいたからだ。

「けど、そのまえに激怒させちゃって、おまけに予想外に早く、涼嗣クン登場だしなあ……」

「なにして怒らせたんだ。理名はそんなに怒りっぽくないだろう」

「えー、俺この一年怒られてばっかだよ」

うだうだとテーブルに顎を乗せた佐伯は、長いため息でテーブルのうえを曇らせたあと、まるで捨てられた犬のような顔でちらりと涼嗣を上目に見た。

「理名ちゃんさあ、人生設計、相変わらずなんだよ」

「人生設計って……結婚と、出産か?」

最低でもふたりは子どもが欲しいと言っていた理名は、そのためにはパートナーにちゃんと生活を支えてほしいと常々言っていた。かつて、そのお眼鏡にかなったのが、涼嗣だったわけだが、佐伯も条件付けの点では、そう悪くない。

「俺だって収入いいし、元気だし子どもも好きだし、考えてくれたっていいと思うんだけど」

ぶつぶつ言う態度から、佐伯の本気は知れた。涼嗣としても、自分が傷つけた彼女に、気のいい悪友は悪くない組みあわせだと思う。軽薄ぶっているが、芯のところは誠実だし、情も厚い男だ。

しかし、慰めていたノリでそのまま——というはじまりなら、なにかすれ違いがあるのではないか、とも思えてならなかった。

「なあ、そこまで考えてること、理名にきちんと話したのか? なし崩しになってるだけじゃ、あいつは納得しないだろ」

「……話したよ」

微妙に視線を逸らした佐伯に、涼嗣は視線で圧力をかける。それでもそっぽを向いた佐伯が答えないので、もしやと思いつつ突っこんだ。

「どういうシチュエーションで、どういう言葉でプロポーズした?」

「涼嗣は?」

逆に問われ、記憶をたぐりながら涼嗣はビールをひとくち飲んだ。

「一応、理名の好きなレストランで、両親に会ってくれないかと。指輪はそのうち、理名の好きなものを選べばいい、みたいなことを言った」

定番のシチュエーションながら、会話のテンションは非常に低かった。理名は感激するでもなく、モバイルメモでスケジュールの確認をし、涼嗣もまたシステム手帳を開いた記憶がある。一部始終がやたら淡々としていて、自分たちらしいと思ったことを覚えている。

「あー、やっぱ一応、段取り踏んだか。だよなー……」

佐伯はぐしゃぐしゃと髪の毛をかきまわした。なにやら失敗したのだなと、あきれと同情を滲ませた目で見やり、涼嗣は「で、なにした」と問いかけてやる。佐伯はふたたび呻いたあと、テーブルのうえに突っ伏し、ぼそぼそと言った。

「ついさっき、ベッドのうえで、俺うっかりゴムつけないでやっちゃって、終わったあと、理名が気づいて、やばいってあわてて」

いきなりの発言に面食らったが、涼嗣はすぐに青ざめ「おい、まさか」とちいさくつぶやく。

涼嗣の声を無視した佐伯は、相変わらず目を逸らしたまま、ついに白状した。

「だもんでまあ、つい、『デキたら結婚しよっか』とかなんとか、ちゃらっと」

「……ばかかおまえは‼」

怒声とともにげんこつを落とすと、佐伯は呻いて頭を抱えた。

「そんな言いざまで、あのプライドの高い理名がハイって言うと思うか。怒って当然だろうが！」

その言葉に、佐伯はばっと上体を起こし、彼らしからぬ荒らげた声で怒鳴る。

「じゃあどうしろっつんだよ、毎回毎回、やってる最中目ぇ閉じて、誰のこと考えてるかわかんねえ女に、どうやったらまじめに結婚してくれって言えんだよ！」

戻ってきた言葉に、涼嗣は一瞬黙りこむ。だが、佐伯の睨む目を見つめ返し、「それはない」と静かにかぶりを振った。

「あいつはさっき、俺を見て驚いたけど、すれ違っても見向きもしなかった」

「意地張ってたのかもしんねえじゃんよ……」

「佐伯、俺の言ったこと、聞こえてなかったか？　理名は『見向きもしてない』んだ。おまえに対して怒ってただけだ。わからないのか？」

終わっているのはお互いだと告げると、佐伯はしばし言葉を噛みしめるようにまばたきをして、力をなくしたようにまた、テーブルのうえに崩れ落ちた。

「俺の知ってる理名は、やけくそだけで一年も男と寝られる性格じゃない」

「知ってるよ、クソ……」

「それに、あんなに真っ赤になって怒った顔も見たことなければ、平手を食らわされたこともない。いつも冷静だった。ついでに言えば、避妊しないでしたことはいちどもない」

「あーね。おまえもどうせコンドーム忘れるようなへまはしないいんだろ」

愚痴(ぐち)る男にはつきあいきれないと思いつつ、落ちこむ友人には同情する。自分自身、恋愛で取り乱すなどあり得ないと思っていたが、一年まえには完全に我を失った経験がある。

結局、涼嗣は大事なヒントを落としてやる。

「なあ、あいつは俺と一回失敗してるから、ますます慎重になってると思うぞ」

佐伯は、一瞬なにかを考えこむような顔をした。涼嗣はここぞとたたみかける。

「そもそも、なだれこんだことがないからな。第一、必ず確認したのは理名のほうだった。結婚まえに妊娠するような『無計画なこと』は、したくないと言って」

涼嗣の言葉に、佐伯はちらりと目をあげる。涼嗣は苦笑いして、続けた。

「終わったあとであわてたと言ってただろう。理名に忘れさせたのは、おまえなんじゃないのか？」

うつろだった佐伯の目が焦点を結ぶ。涼嗣がにやりと笑いかけると、ばつが悪そうに舌打ちした。

「あーもう！　俺が悪かったよ！　あとで謝る！」

土下座して女王様のご機嫌とって、そのあとプロポーズやり直す。ぶつくさと言う佐伯に、涼嗣は促した。

「あとじゃなく、いますぐ行けよ。面通しなら、もうすんだだろう」

「や、まだ、本題が残ってるから」

身体を起こし、居住まいを正した佐伯に、涼嗣は「なんだ?」と目をまるくする。さきほどより、よほど真剣な顔をした友人は、今度は捨てられた犬ではなく、挑む男の目をしていた。

「涼嗣、おまえ、結婚はしないのか」

「なんだ、いきなり」

「いまさらの話だけど、どこの誰に惚(ほ)れて理名をふったのか、ゲロってくれないか」

理名を捨てる原因について、佐伯には話さなかったけれど、おそらく理名経由で聞いたのだろう。涼嗣は、さらりと受け流したが、佐伯は食いさがった。

「なんで、そんなことを訊く?」

「おまえの生活には、女の影が見えない。時間や仕事のサイクルは、以前となにも変わったふうじゃない。だから、理名から話聞くまで、俺はぜんぜん、おまえにべつの相手がいるなんて、気づかなかった。けど言われてみれば、雰囲気だけはあきらかに違う」

張りつめた空気に、涼嗣はすっと目をすがめた。

「それがどうした」

「理名が、知りたがってる。自分とつきあってる間、べつの女の影はなかったはずだって言ってた。ただ、うっすら、忘れられない女でもいるのかとは感じてたらしいけど……だから別れ話されたときは、その相手とよりでも戻したのかと思ったたって」

佐伯は非常に複雑そうに顔をしかめ、ぐしゃぐしゃと頭を掻いた。

「そんだけ真剣なら、きっとすぐにその相手と結婚するんだろうと思ってたって。けど、おまえにその気配はない。いったいどういうことなのかわからなくて、……だからどっかで、踏ん切りがつかないらしい」

頼むから教えてくれと、佐伯は頭をさげた。

「相手の素性までは言わなくていい。ただ、どういう状況で、なぜ理名とつきあってたのに、相手のほうに気持ちがいったのか。それだけ教えてくれ」

息をついて、佐伯は涼嗣の目を見る。嘘を許さないと告げる真剣な顔に、涼嗣もすこし居住まいを正した。

この質問を、予想しなかったとはいわない。いつまでも独り身でいることに関して、しばらくは理名との破局で懲(こ)りたと言い抜けられるだろうが、いずれは誰かに問われることだ。

シミュレーションは幾度もした。涼嗣にとっては想定内のできごとで、だが、この問題のもうひとりの当事者はどうだろうか。

息を吸って、涼嗣は瞑目(めいもく)した。そしてしばし考えたあと、「佐伯」と友人の名を呼ぶ。

「なんだ?」

「ちょっと、アキに連絡していいか」

「え……あ、ああ。いいけど、なんでだ」

面食らった顔をしつつも、友人はうなずいた。つけくわえられた問いには答えず、涼嗣は、同居人であり――秘密の恋人でもあるいとこ、蓮実秋祐の携帯へとメールする。

「なんだよ、電話で話せばいいだろ?」

「まだ研究室かもしれないから」

急ぎでもないなら、どういうつもりだと佐伯の目が問いかけている。無視して、涼嗣は作成した短い文面を、送信した。

【佐伯の家にいる。俺たちのことを、話してもいいか】

内容が内容だけに、まだ佐伯のまえで話すわけにはいかなかった。そして、驚くほどあっという間にレスポンスが来て、すこし驚いた。

【なぜ】

短い返答にこめられているのは、動揺か、不安か。わからないまま、涼嗣はふたたび返信をした。

【佐伯は理名といまつきあってるらしい。彼女がまだ俺に心があるんじゃないかと思っていて、あのとき別れた理由を知りたがってる。知らないと終われないという。俺は教えてやりたいと思うけど、おまえがいやなら、ごまかしておく】

ふたたびの送信ののち、今度はメールではなく電話がかかってきた。名乗るいとまさえ与えず、緊迫した声の秋祐は、彼らしくもなく口早に言った。

『佐伯の家だよね。すぐ行くから、三十分待ってもらって。それまでは黙ってて』

秋祐の勤める大学は、佐伯のマンションまで電車でおおよそそれくらい時間だ。

「それまで、でいいのか？」

『いっしょに、話すよ。だから、待って』

「わかった」

それだけで電話を切ると、完全にわけがわからない、という顔の佐伯が涼嗣を見つめている。

「えーと、なんでアキちゃん……？」

「とにかく三十分だけ待ってくれ。ぜんぶ話すから」


妙な緊張を孕んだ三十分を、涼嗣と佐伯は黙って飲み、煙草を吹かしてつぶすしかなかった。だが、そわそわする佐伯とは違い、涼嗣は落ちついていた。本当に秋祐は来るだろうかと、そんな疑いは持たなかった。

秋祐は、逃げる気なら、最初から来るとは言わない。彼の臆病さや不安は筋金入りで、来ると言ったからには必ずこの場に現れるだろうと、そんな確信があった。

そして、遅刻魔の秋祐にしてはめずらしく、本当に三十分で佐伯の部屋のインターフォンが鳴った。

「よ、アキちゃん、いらっしゃい」

「……お邪魔します」

出迎えた佐伯は、強ばった顔の秋祐が部屋にあがりこむ姿を、探るような目で見つめている。それもそのはずで、秋祐はTシャツにジーンズという軽装のうえに、すこしよれた白衣を引っかけていたままだった。

居間で待っていた涼嗣は、肩を強ばらせてずんずんと歩いてくる小柄ないとこに目を細めた。自分の恰好にも気づかないでいる秋祐の混乱を思うと可哀想だが、すこしおかしかった。そして、自分のことでそこまで取り乱す秋祐が、いとおしいと思えた。

「来たよ」

小刻みに震えている細い手に、手を伸ばす。秋祐はぎゅっとそれを握りしめたあと、ぐっと唇を噛みしめた。涼嗣は、そっと問いかける。

「怖いか?」

「んん」

ふるふるとかぶりを振って、涼嗣の隣にしゃがみこんだ秋祐のちいさな頭をそっと抱いた。佐伯は、ただならぬ気配に顔をしかめたまま、無言で待っている。

佐伯はけっして鈍い男ではない。まだ混乱してはいるだろうが、なにかを察したのだろう。涼嗣と秋祐の姿を交互に見つめ、徐々に唇をひきつらせた。

「なん……ちょ……待てよ」

意味もなくかぶりを振る友人に、涼嗣は口を開いた。

「流れで、もうわかっただろ。これが理由だ」

「いや、いやいや。待てって涼嗣」

棒立ちになったままの佐伯は目を泳がせ、額に手をやった。軽く冷や汗をかいている友人に揺らがない視線を向け、涼嗣は小刻みに震えるいとこの肩を抱き寄せる。秋祐は、一瞬だけびくりとなって、そのあとおずおずと涼嗣の胸元のシャツを掴んだ。

「お、俺のせいだから。俺が、涼嗣のこと、ゆ、誘惑したんだ」

必死になって紡いだ声だったのだろうけれど、『誘惑』という言葉がいまの秋祐にはあまりに不似合いで、涼嗣はちいさく失笑した。佐伯もまたそれは同じだったのだろう。なんともつかない顔をしている。だがそれらには気づかないまま、秋祐は震える声で続けた。

「ずっと、俺のほうが好きで、好きで、俺のせいで涼嗣、おかしくなったんだ。だから、理名さんには悪いけど、さ、佐伯も、気持ち悪いかもしんないけど」

でも、あきらめない。あきらめられない。ごくちいさな声で、秋祐は告白した。

怯(おび)えるように、ぎゅう、と胸元にもぐりこんでくるくせに、怖がっているくせに、秋祐は言葉を止めなかった。涼嗣は目を細め、ゆっくりとその背中をさすり、抱きしめる。

胸の奥が熱くて、指先が痺れる。これを自分のものにすると決めてから、ずっと変わらないあまい痛みに、唇がひとりでにほころんだ。

「なあ、佐伯」

「な、なんだよ」

つややかな髪にそっと笑みを触れさせたあと、呆然としている友人に、涼嗣は目を向ける。

「俺の生活が変わらないのも、女の影が見えないのも、……結婚しないのも、これで道理だろう？」

さきほど自分で放った言葉を返された佐伯は、「あー……」と呻いて天井を仰いだ。佐伯のリアクションにも気づかないまま、秋祐は縮こまりながら必死の言葉を叫んでいる。

「とっ、ともだちやめたいって、俺のこと思うなら、しょうがない。でも！　涼嗣は悪くないし、だから、俺のせいにしていいからっ……！」

「待った待ったアキちゃん、ストップストップ」

どんどんデススパイラルに落ちていく秋祐がまくしたてるのに、あわてたように佐伯が手のひらを見せて言葉を遮る。

「なんでそう、くらーい方向にばっか行くんだよ。ていうか、涼嗣も止めろ！」

「いや、かわいいだろ、これ」

「否定はしねえ。しねえが、止めてやれ。なにもそこまで悪い考えにはまることねえだろ」

頭が痛い、と佐伯はわめき、こめかみを揉んだ。そのリアクションで、目のまえの男がけっして自分たちを厭（いと）うたり、軽蔑したりしていないと知れる。

佐伯は数分、黙った。そしてこつこつと拳で額を叩いたのち、もういちど大きく息を吐き、縮こまっている秋祐の肩に手をかける。秋祐は、びくっと震えた。

「アキちゃん。ちょっと現状把握がしがたいけど、まあ、否定はしねえよ。気持ち悪いとかともだちやめるとか、そんなん俺は考えねえよ」

ため息まじり、口早に告げた佐伯に、秋祐はおずおずと顔をあげる。弱々しい涙目に、佐伯は「これじゃ俺が悪者じゃん……」とぼやいた。

「あのな。正直面食らった。でも、妙に納得はしてる。とくに涼嗣についてはな。昔から、アキちゃんに関しては、ちょっとおかしかったから」

うろんな目で涼嗣を睨み、佐伯は広い肩を上下させる。

「ただ、まだ混乱してるし、受けいれるには時間かかると思う。ぎこちなくも、なるかもしんねえけど、そこは理解してもらっていいか？」

「そ、それで、いいのか？」

秋祐が驚いたように目を瞠り、上目遣いで問いかけると、佐伯は顔をしかめ、「いいもクソも」とぼやき、平然と秋祐の身体を抱きかかえている涼嗣を睨む。

「ここで俺が、なんぞアキちゃんに否定的なこと言ったら、そこのバカがなにすっかわかんねえし」

「なにもしない。縁を切るだけの話だ」

しらっと言ってのけた涼嗣に、秋祐が目を向く。苛立ったように、どんどんと佐伯が床を踏みしめた。

「ほらなーっ！　そういうこと平気で言うんだよ、この男は！」

涼嗣が顔色も変えないまま「階下に迷惑だろう」と告げると、彼はさらに目をつりあげた。

「だいたい、なんで自分で言わねんだよ。いきなり呼びつけてこれじゃ、アキちゃんだってわけわかんねえだろうよ」

「話すか話さないか、決めるのは、秋祐にさせたかったからな」

正直、涼嗣はいずれ佐伯には話してもいいと考えていた。むろん秋祐次第だと感じていたし、さきほどのメールで彼がいやだと言えば、適当に作り話をするつもりもあった。

だがこの日、こうまで強引で性急に話を運んだのは、妙な話だが、「いまだ」と思ったからだ——としかいえない。チャンスというか、好機は一瞬ですぎていく。そして逃せば戻らないことを、涼嗣は本能的に知っていて、おかげで現職でも失敗したことはない。

「それに、まえから何度か、話はしてた。秋祐の気持ちが決まったら、それから、俺がどうしても誰かに打ち明ける必要があったら、しゃべってもいいとこいつも言ってた。そうだな?」

「それは、そういう意味じゃ、なかったけど」

恨みがましく上目に睨んでくる秋祐は、だいぶ自分を取り戻したようで、腕のなかから逃れようともがいている。もがく秋祐の細い腰をしっかりと掴んで、涼嗣はちいさく笑った。

(おまえの言うとおりになんか、してやらないよ)

秋祐の発言の意味は、彼が抗議したとおり、いま涼嗣が口にしたのと微妙にニュアンスが違うことくらい、ちゃんとわかっていた。

かつて重たい会話を交わした際、秋祐が口にしたのは、『あきらめる』気持ちが決まって、涼嗣が『身を護るために、別れを』打ち明ける必要があったら。そういう、マイナス方面の含みが多々あった言葉だ。

涼嗣は黙って笑って聞いた。むろん、了承した覚えはいっさいないし、今回言葉を逆手にとったことで、秋祐もさすがに理解しただろう。

「ともかく、こういう事情だというのは、佐伯もわかっただろ」

佐伯に、いま打ち明けたのにはもうひとつ理由がある。遅かれ早かれだと思ったことと、そして——。

「いきなり呼びつけてコレ。それは、おまえがやろうとしたことと、なにが違う?」

「……っ」

佐伯はぐっと押し黙った。理名と涼嗣をそれぞれ呼びだし、現場でいきなり打ち明けようとしたのは彼こそが企んだことだったからだ。

「正直、もくろみがすんなりいってたら、理名の平手じゃすまなかったと思うぞ」

「え、理名さん、平手って」

無言の佐伯に睨まれた涼嗣は、意外な言葉に涙目を瞠る、いとこのちいさな身体を抱きしめて、笑った。

「このばかがプロポーズに失敗したんだ」

秋祐はますます目をまるくする。幼いような表情に笑みを深くすると、佐伯がわめいた。

「だから、いままさに破局の危機の俺のまえで、その顔はやめろ！」

「破局するまえに、交際の申しこみからだろう。そこすっ飛ばして、無計画妊娠のショットガンマリッジはないだろう、佐伯」

「うるせえよ！　しょうがねえだろ！　がっついちゃったんだよ！」

完全についていけない秋祐は「プロポーズ？　妊娠？」と目を白黒させている。なんでもないとちいさな頭を叩いて、涼嗣は苦い顔の友人を挑発した。

「あとはもう、順を追ってきちんと口説け。……で、話はどうすんだ」

任せると、言葉ではなく告げた涼嗣に、佐伯はがりがりと頭を掻いて、口を歪めた。

「理名には、適当に話しておく。そうだな……なんなら、おまえらのことと夏葉(なつは)お姉様の話と適当にミックスしとくよ。初恋の人間と再会したけど、いろいろ事情ありで結婚できないっぽい、とか」

うなずきつつ、涼嗣が「それでだいじょうぶか？」と確認すると、佐伯は首を振った。

「どうせお姉様は地元から出てきやしねえし、ばれねえよ。涼嗣の本気に納得さえすれば、あいつも吹っ切れっだろ」

嘘も方便とため息をついて、佐伯は「はっ」と短く笑った。

「ってわけで、俺、あいつんとこ行ってくるから、おまえら帰れ」

「わかった。帰るぞ、秋祐」

「あ、あ、うん」

まだ事態についていけてないらしい秋祐を、なかば抱きかかえて立ちあがらせると、涼嗣はあっさり玄関に向かう。佐伯もそのまま続いて、まだ乱れたシャツのままでいる友人に、眉をひそめた。

「おい、身繕いくらいしていけばどうだ。あいつ、実家だぞ」

「取るものもとりあえず、っつうパフォーマンスにはなんねえかな」

浅知恵だと涼嗣は一蹴した。

「出ていった直後に追いかけてない時点で無理だ。俺と話してた時間をどう言い訳する気だよ。いいから、髭あたって、いちばんいいスーツ着ていけよ」

多少は佐伯とのつきあいで変わったかもしれないけれど、理名の思考回路なら理解できる。みっともない恰好で追いすがってくる男より、余裕たっぷりで準備も整え、形式を踏んでさらいに来る男を好ましく感じるはずだ。

「ついでに、ビール程度じゃわからんと思うが、念のため酒のにおいは消しておけ。そういうものに勢いを借りるのは、理名はいちばんきらう」

そう告げると、佐伯はいやな顔をした。

「正直、元カレのアドバイスだきゃあ聞きたくねーけど……まあ、そうするよ」

「それと、指輪持ってけ。どうせ買ってあるだろ」

なぜわかる、というように、佐伯は目を瞠った。涼嗣は長々とため息をついてみせる。

「勢いでプロポーズなんて言って、本当のところ照れ隠しなんだろう。そうじゃなきゃ、おまえがいくらがっついたのなんの言ったって、『保険』を忘れるわけがない」

指摘すると、両手をあげ、佐伯はにやりと笑った。

「ま、な。計画まではしてなかったけど、孕ませちゃってもいっかなー、とか思った。むしろ積極的に？」

「だから相手の了承を取れよ。おまえの仕事にも差し障るだろ」

「うっかりしてたわ。まあ、でも、そこも含めて謝るさ。……あんがとな」

ぐっと拳を突きだされ、学生時代にそうしたように、涼嗣もそれに自分の拳を当てる。

「じゃあな。理名は手強いぞ」

「おう。覚悟のうえよ」

軽く手をあげて別れを告げたあと、大あわてで着替えに飛んでいく友人に、心のなかだけでこっそりと、エールを送った。

帰宅するまでの道すがら、秋祐は、終始無言だった。

なにがなんだかわからないまま、カミングアウトに巻きこまれ、怒濤の勢いで追いだされた。これは怒って当然だと、涼嗣はある程度覚悟をしていたのだが、ふたりで暮らす自宅に戻り、玄関扉を閉めたとたん、いきなり抱きつかれて戸惑った。

「ど、どうした?」

めずらしくつかえた涼嗣に、秋祐は「うー」と唸りながら、ちいさな頭をぐりぐりと胸に押しつけてくる。けっこうな力で押してくるので、二、三歩あとずさりながらも受けとめてやると、ひとしきりぐりぐりぐりとやって気がすんだのか、ようやく顔をあげ、一気にまくしたてた。

「理名さん佐伯とつきあってたのか? 妊娠がどうこうってなに? なんでいきなりきょう話すことになったわけ? あいついったいなにやらかしたの? ていうかあれって、俺らのこと、許してくれたのかな?」

さきほど涙ぐんだせいで、まだ潤んだままの目の縁が赤い。そして、抱きついてくる細い腕には小刻みな震えがあって、涼嗣はそっと微笑んだあと、さらさらの髪に指をくぐらせた。

佐伯のまえで、ずいぶん潔くカミングアウトに同意したなと思っていたが、相当パニックになっていたのだといまさら気づく。

「順番にひとつずつ話すから、まずは靴脱いで、部屋に行かないか？」

こくりとうなずいた秋祐は、顔をしかめている。混乱の滲む表情に、つらい目にあわせたかもしれないと、涼嗣もすこし胸が痛い。

――ずっと、俺のほうが好きで、好きで、俺のせいで涼嗣、おかしくなったんだ。

ひび割れた喉から絞りだしたような、あのかすれた声が秋祐の本音だ。いくら涼嗣が違うと言っても、彼はどこかでずっと、引け目を感じたままでいる。

「おまえより、佐伯のほうがよっぽどわかってるな」

「なにを？」

つぶやいた言葉に、秋祐は小首をかしげた。本当にわかっていないらしい表情には、苦笑するしかない。

「いや、なんでもない」

秋祐との関係を受けいれられなかったなら、縁を切ると涼嗣はあっさり告げた。そして佐伯は、そんな涼嗣に「ほらな」と叫んだ。

要不要を一瞬で判断して、後者を切り捨てる性質だということを、つきあいの長い悪友は重々理解している。そして色恋絡みであろうがなかろうが、涼嗣のなかでもっとも特別なのが秋祐であることも、佐伯はとっくに知っていた。

――昔から、アキちゃんに関しては、ちょっとおかしかったから。

だからこそ、関係に違う色がついたところで、あの程度の混乱ですんだのだろう。秋祐をあまやかしすぎて、自立する機会を奪っている。早く手を離してやれと、涼嗣に対して折に触れ言っていたのは佐伯だった。

だが、そのことをいま秋祐に告げても、受けいれはしないだろう。

「まず、コーヒーでも飲まないか。それとも、酒でいいか？」

「……酒がいい」

わかったとうなずいて、キッチンに向かう。常備してあるのは、最近秋祐の好むウォッカで、氷を入れたグラスに注ぎ、櫛形に切ったライムを添えた。気つけ代わりなので、とくにつまみは用意せずに居間へと向かうと、秋祐はソファに身体を埋めるようにして座っていた。

「ほら」

手渡したグラスの中身を、秋祐はぐっとあおる。涼嗣も舌を刺すようなそれを舐め、氷の温度だけではなく気化する冷ややかさで唇を引き締めた。

「順を追って話すよ。俺もきょうまで知らなかったけど、理名と佐伯、いま、つきあってるらしい。すこし、微妙な関係らしいけど……」

へたに隠しだてしても意味はないと、涼嗣はこの日知ったばかりの彼らのことを、覚えている限り話した。秋祐はときおり質問を挟み、わかることに関してはすべて答えた。だが、次の質問には涼嗣も一瞬黙りこむしかなかった。

「なあ、理名さん、プロポーズ受けるかな？」

「……フライング妊娠がなければ、あるいは」

しばらくの間を置いてそう答えると、秋祐は不思議そうな顔をした。

「え、なんで。ふつう、妊娠してたら結婚するだろ」

しばし唸ったあとに、涼嗣は「理名だからなあ……」とつぶやく。

正直、佐伯のやらかしたことは、人生設計をきっちりと立て、なにごとも自分の計画と予定に組みこみたい理名にすると、許しがたいものだろう。だが、去り際の怒りに染まった頬や、強引な口づけに怒りつつも応えていた様子から、脈はあるような気がする。

「まあ、あんな顔は見たこともなかったし、どうにかなるかもしれないな」

佐伯のためにも希望的観測を持っていたい。そう考えての言葉に、秋祐は目を伏せた。

「涼嗣は、それでいいか？」

ぽつりとこぼされた言葉に、涼嗣は失笑した。言わんとするところは理解するが、いいかげんこのペシミスティックな思考はどうにかしてほしい。

「いいもなにも、理名も佐伯も幸せになってほしいと、俺は思うけど」

「でも……」

「ついでに俺もいま、けっこう幸せだけど？」

じっと見つめて告げると、秋祐は目をまるくし、そのあとじわじわと顔を赤らめた。

いた。

「そ……なん、なにそれ……」

「なあ、秋祐」

同い年とは思えないなめらかな頬に手のひらを添える。びくりと震えた秋祐に、涼嗣はささや

「おまえは、俺のだよ」

「そ、そんなの、わかって」

「わかってない。どれだけ俺がアキのこと思ってるか、ぜんぜんおまえは、わかってない」

困ったように肩をすくめるいとこの手からグラスを奪い、手首を掴んで引き寄せる。小柄で骨っぽい身体は、それこそ理名のめりはりのついた肢体とはまるで違っている。けれど、抱きしめると安心する。これが、こうしていることが、間違いなく正しいのだと確信できる。

秋祐を見失ったらたぶん、相当な混乱に叩きこまれ、惨めで寂しい気持ちになるのだろう。じっさい去年の夏、鈍くて遅い自分のせいで、いちど失いかけたとき、涼嗣は信じられないくらいに取り乱した。

暗闇のなか儚い蛍のように、夏の夜空に気持ちを逃がそうとした彼の姿が見えないことに、どれだけ涼嗣がうろたえたのか、秋祐は知らない。赤らんでいる頬を両手に包み、唇を吸う。ほのかに薫ったアルコールのにおいさえ、媚薬まじりの香のように涼嗣を煽る。

長いキスをほどいたあと、唇を離さないままに涼嗣は微笑んだ。

「ともだちに気持ち悪いと思われても、元カノに軽蔑されても、誰に縁を切られても、おまえが好きだし、離さない」

「涼嗣……」

「おまえもそうだろう？　だから、さっき、そう言ったんだろう？　佐伯に」

赤い目で睨んだあと、秋祐はこっくりとうなずいた。抱擁を強め、口づけを深めた涼嗣は、薄い肉付きの背中を何度もさすった。次第に荒れていく息遣いは、この夜の行き着くさきを思わせる。

——孕ませちゃってもいっかなー、とか思った。

唐突に、佐伯の言葉が一瞬、頭をよぎった。そして、いつの間にかソファに押し倒した秋祐をじっと眺める。

「……なに？」

薄い腹部の奥には当然、子をなす器官などはない。だが、もしもを想像すると、すこし、背筋が痺れるような陶酔感があった。

——人間も、いっそ無性生殖ができるか、雌雄同体になれればいいのに。

遠い昔の秋祐のつぶやきを、あのときは痛ましいと思って聞いていた。だが、いまは心から、そうできないのが残念だと思う。暗く笑って喉を鳴らすと、秋祐はますます戸惑うような顔になった。

「なんだよ、涼嗣。どうした……」

不思議そうな声を口づけでふさぎ、涼嗣は急に高まった身体を腰を押しつけることで教える。そして、耳元にこっそりと、妄想に裏打ちされた欲情について、卑猥な言葉で説明すると、秋祐は声にならない悲鳴をあげ、真っ赤になって背中を殴った。

「なんで怒る。きょうは生でやらせてほしいって、言っただけだろう」

「ばか！」

ぽかぽかと殴りつけてくる弱い拳を両方掴み、ソファのうえに縫いとめる。暴れる秋祐に噛みついて、弱い部分を舐めてやると、罵声はすぐにあまく溶ける。

（ああ、ほんとに、孕ませたい）

だがそれは、本当に子どもを望んでいるだとか、そんな純粋な気持ちではない。雄としての凶暴で独断的な、押しつけがましく野蛮な本能だ。よしんば秋祐が孕んだとして、その子どもを彼以上に愛することなど、涼嗣はできないのだろう。

エゴイスティックな愛情を押しつけるようにして、涼嗣は細い身体を征服する。

ピンの代わりに愛情で縫いとめられた涼嗣のいとしい蝶々は、快楽の鱗粉をまき散らし、淡く、弱く、夜のなかで羽ばたいた。

# 佳き日に咲く

その日届いた二通の手紙には、いずれにも金色の封蝋がほどこされていた。

細かいエンボス加工の白い特殊紙でできたデザイン封筒。

赤い波形のラインのうえに、細くうつくしい書体で綴られた『Wedding information』という箔押しが入っている。

土曜日の昼。徹夜明けの仕事帰り、マンションの集合ポストからとりだしたその二通を手に、蓮実秋祐はしばし固まった。

差出人の名前は連名。

佐伯信也、理名――旧姓、牧山。

はっと息を呑んだ秋祐は、二通の封筒を手にエレベーターへと駆けこんだ。

数十秒の移動時間も苛立ちを誘い、ドアが開きかけるのをこじ開けるようにして、自室へと走る。

「りょっ、涼嗣、涼嗣！」

玄関ドアを開けるなり、リビングへと走りこみながら叫べば、同居人であり、いとこでもある恋人、袴田涼嗣の低い声がした。

「どうした、アキ」

ソファに座る彼の膝のうえにはラップトップパソコン。彼の会社は土日が休みだけれど、この日は追いつかなかった持ち帰り仕事を処理していたらしい。

「徹夜明けなんだから、あまり走ると具合が——」

「佐伯とっ、理名さんから、招待状きた！」

涼嗣は、その言葉に目をまるくした。平素から感情を乱したり動揺したりすることがめったにない彼の面食らった顔など、あまり見られるものではない。

けれどそれを面白がるような心の余裕は、秋祐にはなかった。

「俺と涼嗣と、ふたりぶん。け、結婚したみたいだ」

「やっとか」

軽く目をしばたたかせた涼嗣は、ぽつりとそう言ったあとに顔をほころばせた。「そうか、やっとか」と噛みしめるようにもういちどつぶやき、大きな手を差しだしてくる。

彼の名前が記されたほうの封筒を渡すと、仕事用のペンケースからペーパーナイフをとりだした涼嗣は、丁寧にその封を切った。

「……十一月の、理名の誕生日に入籍したそうだ。披露宴は一月だと」

「うん」

「プロポーズしてから二年かかったんだな。意外ともたついた」

秋祐はなんと言っていいのかわからず、曖昧にうなずいた。

涼嗣と理名が別れてから、もう三年になる。

そして佐伯と理名がつきあいだした——というか、男女の関係になったのは、彼女が涼嗣と別れたすぐあとくらいからのことらしかった。

涼嗣の話を聞くに、別れ話をした際にも理名は冷静で、毅然としていたようだった。

しかしそこは強がりで、結婚まで考えた相手との破局がつらくないわけがない。

同じ社内にいるうえに紹介者でもある佐伯は彼女の愚痴と泣き言につきあい、酒の勢いでなるようになったそうだ。

「けっきょく理名の希望してた、三十まえの入籍はならず、だな」

「涼嗣、そんな他人事みたいに」

冷たくはないかと秋祐が咎めれば、「他人事だろ、ある意味では」と彼はあっさり言う。

「三年も経って、俺がどうだこうだって話じゃない。それに、二度と会わないと言った相手にこうして招待状をよこすくらいだ。あっちも吹っ切れたってことだろう」

「そう、かな」

理名と佐伯の交際が発覚した際、涼嗣は秋祐とのことを彼にカミングアウトしている。

——なぜ理名とつきあってたのに、相手のほうに気持ちがいったのか。それだけ教えてくれ。

そうでないと彼女が吹っ切れない、と真剣に告げてきた彼のために、涼嗣は秋祐を呼びだした。そして二十年来の友人のまえで、しっかりと秋祐を抱きしめた。

——俺の生活が変わらないのも、女の影が見えないのも、……結婚しないのも、これで道理だろう？

そう言い放った涼嗣に、佐伯は相当に驚いていた。それでも、彼なりにいろいろ察するところもあったのだろう。

最終的にはふたりの関係を認めてくれ、理名に対しても「相手の素性は明かせないが、幼馴染みで、わけあって結婚できない間柄だ」とだけ説明してくれた。

理名も詳細をいちいち穿って聞きたいわけではなかったらしく、昔からのつきあいならばしかたがないかもしれない、と納得したらしい。

佐伯との友情は、その後も変わらなかった。ただ、理名とのつきあいを優先したいという彼と顔をあわせる頻度はぐっと減った。

ここ一年はそれぞれ仕事も多忙で、数カ月まえに三人で飲んだきり、電話もメールもほとんど途絶えていた。

「連絡がなかったのは、この準備にかかってたんだろうな」

「そうかも。披露宴かなり派手そうだし……」

秋祐も自分あての招待状に目をとおしながらうなずく。

会場となっているのは都内の有名ホテルで、しかもかなり大きなホールのようだ。

理名も佐伯も国内大手の総合商社である沢田商会の役職についている。会社関係のつきあいで、大規模なものにせざるを得なかったのだろう。

「出席にマルつけておけ。あすにでも、買いもののついでに投函してくるから」

「行ってもいいのかな」

「いいからコレが来たんだろう」

穏やかに微笑む涼嗣とは違い、秋祐はどうしても苦い罪悪感で顔を歪めてしまう。

いま手にしている招待状は、自分があとさきも考えず、勝手に終わりを決めつけて、このいとこに恋を打ち明けてしまった結果なのだと思うと、素直に祝っていいのかどうかわからない。

もしかしたら、この招待状の文字列には『佐伯』ではなく『袴田』と入っていたかもしれないのだ。

「……秋祐」

コートも脱がず、部屋のまんなかに突っ立ったままの秋祐を見やって、涼嗣はちいさく息をつき、大きな手をひらひらと振って手招きした。

なにも考えられないまま涼嗣へと近づくと、ほっそりした手首が長い指に握りしめられる。

「三年も昔に別れた男だ。理名の性格上、腹を立ててはいても、変に引きずったり傷になったりはしてないから」

秋祐が「でも、それは」と反論しかけたのを封じるように、涼嗣は言葉を続けた。

「なあ。佐伯はいいやつだし、理名はかなりいい男を掴んだと思うぞ」

「う、ん」

それについては異論はない。だがどうしても秋祐の眉根が寄ってしまい、涼嗣は握った手を軽く揺らしながら言った。

「なのにおまえがそんな顔をするのは、理名にも佐伯にも失礼にならないか」

はっとして、秋祐は「そんなつもりじゃ……」ともごもご口ごもった。涼嗣は笑う。

「自分で言うのはなんだけど、おまえにとって、俺の価値がそこまであると思ってくれるのはありがたいけどな」

頬が赤らみ、秋祐は目を伏せる。しょっている、などと雑ぜ返すことすらできない。なぜならば、いま彼が口にした言葉がすべて真実だからだ。

「……俺なら、三年くらいで忘れられない」

「ん？」

「だって、俺は生まれたときから涼嗣が好きだから。もう、三十年ずっと、好きで、三年ぽっちじゃ――あっ」

いきなり腕を引っぱられ、秋祐はさきほどまでラップトップがおさまっていた膝のうえへと抱えこまれた。

「あ、あの、涼嗣」

体勢を立て直すいとまもなく、秋祐は涼嗣の腕のなかに閉じこめられる。

突然の抱擁になすすべもなく、目をまるくしたまま秋祐が硬直していると、ふっと髪の毛に涼嗣の吐息を感じた。

「生まれたときから知ってたのに、……やっとまだ三年だ」

「……ん？」

「もっと早く気づいてたら、こうしてる時間がもっとあったのに」

こうして、と涼嗣は抱きしめる腕を強くする。痛いくらいに腕のなかへと捕まえられ、苦しいと笑ってみせるけれども、秋祐はなにひとつ抗わず、その胸に顔を埋める。

「一割も回収できてないんだから、もっと欲しがっていればいい」

穏やかな低い声にうなずいて、秋祐は目を閉じた。

いまが幸せすぎて怖いなどと、贅沢なことを言ってはいけないのだと思う。

三十余年のうちの三年。まだ一割も満たされていないのだから、もっといまの幸福を味わえばいいのだろうとは思う。

それでもこの三年、結果として、自分の行動が傷つけてしまった、あの聡明できれいなひととのことが、ずっと引っかかっていた。

「……理名さん、よかった」

「うん」

「佐伯、幸せにしてやってくれるかな」

「あいつらなら、ひとにしてもらうなんて考えずに、勝手にそうするさ」

ゆらゆらと腕のなかで揺らされながら、ようやく秋祐は、ほっと息をつく。

「よけいなお世話かな」

「ああ、だからおまえはこっちに集中してろ」

「え……」

うつむいていた顎をすくわれ、唇が重なった。まだ着たままだったコートを肩から払い落とされ、秋祐は焦る。

「ちょ、ちょっと、涼嗣」

「なんだ」

あわてて広い肩を押し戻すと、彼はちょっとだけいやらしい顔で笑っていた。

「なんだじゃないよ、なにすんだよ」

「訊かなきゃわからないことか」

さらりと言われて、頬が熱くなる。困り果てた秋祐が上目遣いに見つめると、長い指に頬を撫でられる。

「理名のことばかり気にするな、妬ける」

「そ、それは、だって、それは――」

傲慢（ごうまん）な言いざまにあきれて反論しようと開いた唇は、またもや口づけにふさがれた。ゆっくりと舐め溶かされていくわだかまりに、秋祐もため息をついてふたたび目を閉じる。

どうか、幸せに。

祈る言葉は吐息になって、空気に溶けた。

# オレンジトレイン

披露宴に出席した帰り道、引き出物の入った袋を抱え、電車に揺られる。

休日の夕方、まだ車内はさほど混みあっていない。

「いいお式だったね」

佐伯信也と牧山——すでに戸籍上は佐伯だが——理名のそれに、よもやふたり揃って出席する日がくるとは予想外だったたと、蓮実秋祐は笑う。

「中身、なんだろ。箱入ってる」

「たぶん引き菓子だな。あとは引き出物カタログだろう」

さほど重みもないのでそんなところだろうとは思ったが、あっさりと言ってのけたいとこの言葉に、秋祐はなんともつかない顔になった。

なにしろこのいとこ、袴田涼嗣は理名の元彼で、才色兼備な彼女の性格を知り尽くしているのだ。

（そういうのも、わかっちゃうのかな）

終わったこととはいえ、彼女とのつきあいの長さを思わせる発言はやはり、複雑だ。

しかし秋祐の表情を読んだ涼嗣は、すぐさまあきれともつかない笑みを漏らして耳に口を近づける。

「言っておくがそれは、佐伯のチョイスだ」

「……そ、そう」

なぜいちいち、ささやくような声を出すのか。あまくやわらかな低音に赤くなりつつ、秋祐はじんわり痺れたような耳を手のひらで庇う。

意識過剰なその態度に、涼嗣は喉奥で笑った。

「心配しなくても、これが区切りだ。見ただろ」

「……うん。幸せそうだった」

こくりと秋祐はうなずく。

きょうの理名は、お世辞ではなく光り輝いて見えた。

正直に言って、かつて涼嗣とつきあっていたころ何度か顔を合わせたときよりずっと自然で、ずっとみずみずしい表情だったと、誰もが思ったことだろう。

仕事もできて賢い理名はもともと美人だったし、涼嗣の婚約者としても完璧だと思えた。だが、いま自分の隣にいる男とのとりあわせは、いうなればできすぎていて、ちょっとばかり現実味に欠けていたのだと気づかされた気分だ。

主に、新郎として誰はばかることなく幸せオーラをまき散らしていた男のおかげで。

「佐伯、デレデレだったな」

秋祐がぽつりとつぶやく。

「あれもそれなりに苦労したみたいだしな」

「そうなの？」

「指輪渡してからも、なかなかうなずいてもらえなかったみたいだから」

いきさつを思いだしたのだろう、涼嗣は苦笑した。

最初に佐伯と理名がつきあっていると知ったとき、秋祐はよもやの組みあわせに驚いた。涼嗣たちが別れたあと、理名の同僚でもあり、ふたりを紹介した立場の彼はかなり気苦労を背負ったらしかった。そして荒れた理名を慰めめんどうを見ているうちに、なんとなく寝てしまった――というなれそめを聞いたときには、どんな顔をすればいいのかわからなかった。

なりゆきではじまった彼らは、それなりに真剣につきあっていたらしいけれどすべて、順風満帆とはいかなかったらしい。

身体の関係がさきにできてしまったおかげで、お互い素直になれず、すったもんだした末に一年後、ようやく結婚前提のおつきあい開始。しかしながら同じ会社で同じプロジェクトに取り組むという状況のおかげで仕事に追われ、ゴールインまで三年という月日がかかってしまった。

しかも、かつて涼嗣に結婚をほのめかした際には、二十代のうちに結婚し、子どもを作りたいという人生設計を立てていたはずの理名なのに、結婚を渋ったのは理名のほうだったというからさらに驚きだった。

——なんか、仕事も楽しいし、無理やり計画どおりでなくてもいいかなあって。

肩の力を抜いた彼女は言葉のとおり生き生きしていたけれど、おかげで以前にも増してモテるようになってしまったらしい。

かつては隙のない高嶺の花だった理名が、佐伯とつきあっていい具合にゆるんだため、彼氏がいてもかまわないと猛アタックをかけてくる男もあとを絶たなかったそうだ。

「結局、佐伯の泣き落とし状態で入籍とはな」

「人生わかんないもんだね。けっきょく、何回プロポーズしたんだっけ」

「五回……だったか？」

くすくすと笑うふたりがやたらと事情に詳しいのは、佐伯が玉砕（ぎょくさい）するたびに呼びだされては泣き言を垂れられていたおかげだ。

唇に笑いの余韻を残したまま、秋祐はふっと息をつく。

こんなふうに、理名の披露宴に出たあと笑いあう日がくるなど、三年まえには想像もしていなかったし、できなかった。

披露宴の二次会は、会社関係と佐伯、理名の大学の同期らが主だと聞いたので、遠慮させてもらった。そもそもあの場に招かれたこと自体、あり得ないほど寛大な申しでだったとわかっている。

なにも知らない理名はともかく、佐伯は涼嗣と秋祐の関係を知っているからだ。

「どうした」

ほんのかすかなため息すら、聡い男は見逃さない。というよりも涼嗣の場合、秋祐に関してのみどこまでもカンが鋭く、同時に鈍い。

大事にされすぎてしまって、恋に気づいてもらえなかったあのころの苦み。もう近ごろではほとんど思いだしもしない感情が、きょうという節目の日だからこそ胸に染みいってくる。

「みんな、幸せになるといいなって」

「……ああ」

多くを語らずそれだけをつぶやくと、涼嗣は静かにうなずいた。

かたん、ことんと音をたて、電車は走る。

夕暮れの街が車窓を流れていく、どこかノスタルジックな光景のせいで、感傷的な気分になった。

秋祐は荷物を持っていないほうの手を握り、ほどいて、しばしためらったあとに隣にいる男の、シャツの袖をそっと握る。気づいた彼が「つなごうか」と軽く指を揺らすけれど、かすかに首を振って遠慮した。

これくらいで、たぶん自分たちはちょうどいいのだ。

同性だからというだけでなく、ひとりの女性を傷つけてつないだ恋。いま、理名が幸せだからといっても、すべてを許されたわけではないし、おおっぴらにひとに言えるような関係でもない。

披露宴で、多くのひとに祝福されていた佐伯と理名のように、誰はばかることなく陽の光にさらされるような恋に、憧れがないとは言わない。

それでも、秋祐にとっての幸福は、こっそり握りしめた袖のさきにあって、これに代えられるものなどなにひとつないのだ。

「きょうさ、ごはんどうする」

「どこか寄るのもめんどうだろ。家でなにか作るか」

「カタログ、なにがあるだろ」

「さあ」

揃って窓の外を見ながら、慣れた会話をする。このなんでもない、ささやかな情景がいつまでも続けばいいと、それだけを願う。

指のさき、握りしめた涼嗣のシャツには、秋祐の体温が馴染んで、同じぬくもりになっていた。

# サーカスギャロップ

illustration
今 市子

( ダリア文庫 )

俺のにしたい。
ていうかもう俺のだろ？

平凡な会社員の日下は、結婚も考えていた美久からの誤メールで、彼女の浮気を知る。悩む日下の元に阿東という男から「会って話そう」と連絡が。美形で色気のある阿東に日下は圧倒されるが、彼との話で更に別の浮気相手が浮かびあがり、互いが被害者と気づき意気投合。美久への対処を相談する内、阿東がバイだと知り、彼は「好きなんだよ。あんたみたいなタイプ」と言いだし…!?

# 跳ねる恋の音

夢のなかでは、サーカスギャロップのめちゃくちゃな譜面から音符が飛びだし、好き放題に跳ねまわって、日下榮一（くさかえいいち）を取り囲んでいた。

そのうちのひとつを掴まえると、ぐんぐん高いところに引っぱっていき、日下の身体は宙に浮く。もう落ちる、とねじれた符尾（はた）から手を滑らせた日下は、ものすごい勢いで落下していく。

そのしたでは、阿東弘史（あとうひろし）がギャルソンエプロンを拡げて日下を待ちかまえていて――しっちゃかめっちゃかなのに、なんだか変に楽しい夢だった。

笑いながら眠る日下の顔はゆるんでいたけれど、脳の隅っこで「これって明晰夢（めいせきむ）ってやつだなあ」と考える、もうひとりの自分もいた。

夢を夢と認識したまま見るというそれは、ときに思いどおりの世界を作りだすことができるらしい。

（じゃあ、ほんとにできるのかな）

試しに、阿東の服装をスーツに替えてみよう、と考える。すると、きりりとした彼に似合う、黒っぽいデザイナースーツへと衣装が替わった。

(お、これは楽しい)

じゃあそのまんま、ダンスでもさせてみよう。調子に乗って考えたとたん、今度は曖昧だった背景が、一気に中世の舞踏会会場のような、ゴージャスなものへと切り替わる。

そして阿東は——なぜだか王子様のような、白に金の刺繍(ししゅう)、華やかな飾緒(しょくしょ)のついた衣装を着て、腕のなかにはお姫様を抱えていた。

日下は自分のイメージの貧困さと、予定外の人物の登場に焦り、ぎょっとした。

(え、ちょっと待って)

なにしろそのお姫様——これまたアニメ映画のヒロインよろしく、ピンク色のふわふわドレスを纏(まと)っている——の顔は、忘れたくても忘れられない、元彼女の美久(みく)だったからだ。

正直、かなり険悪な事態をもたらした彼女について、阿東も日下も複雑な思いしかない。なのに夢のなかの阿東は、本当に楽しそうに笑い、くるくる、とダンスを踊っている。

さすがに自分が姫とはいかない、せめて憧れの先輩である牧山理名ならば納得もいくというのに、なんでよりによって、美久なのだ。

(待って待って、違うだろ、そっちじゃないし)

懸命に念じてはみるけれども、思いは通じず、焦るあまりにイメージ映像そのものがおかしくなっていく。

舞踏会の会場には、さきほどまで楽しげだった音符たちが乱入し、人間と同じくらいの大きさとなって跳ねまわる。次第にその数が増え、きらびやかだった夢の舞台は真っ黒く塗りつぶされていき、その隙間から覗くのはひしと美久を抱いた阿東の姿だけ。

(なんで、なんで？　そうじゃないじゃん、違うじゃん)

必死になればなるほど、明晰夢は悪夢へとすりかわり、日下はじたばたともがいた。けれど周囲はどんどん音符で埋め尽くされ、ついに日下の足下までも真っ黒になり――それが、なにひとつ存在しない暗闇に変わりはてたと気づいた瞬間、落下がはじまった。

「……っわ、うわ、あぁあああ！」

自分の叫び声で目を覚ますなんて、最悪なことはない。おまけに夢の余波で心臓はばくばくしっぱなし。いやな映像と不安感と焦燥(しょうそう)だけは残っている。

「つ、疲れた……」

起き抜けいちばんでつぶやくには、本当にいやな言葉を吐きだして、日下はのろのろとベッドからおりた。

時計を見ると、五時三十七分。デジタルのそれには日付と曜日も表示される。

ＳＵＴ――つまり、土曜日。会社も休みで、べつに早起きする必要などないのにと、がっくり肩が落ちる。

「寝倒そうと思ってたのに」

うんざりとぼやくのは、この日もあしたも、貴重な休みになんの予定もないからだ。

日下が、さきほど悪夢に見た美久の浮気発覚から紆余曲折を経て、その浮気相手であったはずの阿東とつきあいだしてから半年ほどがすぎた。

つきあい自体は、まあ、順風満帆だろうと思う。

もともと恋愛経験値がおそろしく乏しい日下は、はじめての彼女だった美久に振りまわされるだけ振りまわされて五年をすごしてきたけれど、阿東とそういう関係になってから「恋愛ってこんなに楽しかったんだなあ」としみじみ実感している。

同性の恋人、というのははじめてで――というか、美久を含めてやっとふたりめの恋人だけれど――どうしたものかわからず戸惑っている日下に、阿東はひたすら、やさしく、あまく、愛情を示してくれた。

なにより、接客業である阿東は気働きがすごい。会話のカンもいいし、無趣味といっていいくらいの日下にもいろんなものを教えてくれて、映画、音楽、ファッションなどから、ちょっとマニアックなネットの世界や小説、マンガにいたるまで、ありとあらゆるものを「いっしょに楽しもう」としてくれる。

ただ、そこにいわゆる「デート」でよくありがちな、レジャー関係はほとんど含まれなかった。

日下自体、どちらかといえばインドア派なうえに、阿東はふだんが人間の相手をしまくっているため、休日はおうちでゆっくりしたい派。そのあたりの好みも噛みあっているので、休みがあえば、どちらかの家でだらだらする、というのがふたりのデートのパターンだった。

だった――のだが。

ちらりと、日下は起き抜けのベッドを見おろす。

とりわけ小柄、というほどでもないけれど、長身とも言いきれない体格の日下が眠るには広すぎるこのベッドは、阿東がしょっちゅう泊まりに来るようになって、買い換えたものだった。

しかしこの数週間は、ずっと日下ひとりしか、その広いマットに寝かせたことがない。

日下は無意識にシーツを撫でた。その手つきが妙に物欲しげに思えて、ひとり赤面する。

「阿東さん、元気かな」

しょんぼりとつぶやき、眠気も失せたのにだるいだけの身体を引きずって立ちあがる。

夢のなかでとんでもない行動を見せてくれた男とは、この二週間はまともに顔すら見ていない。

理由は夏休みだ。

都内某所でビストロを経営している阿東の店は、大型連休や長期休みとなると、大変忙しくなる。そして今年は異様なまでの忙しさになったらしい。

彼の店がある街は、本来は住宅街で静かなものだった。しかしその街のなかに大型イベントホールがあり、建設予定がバブル期、十五年近くを経て完成したものの、広いばかりで使い勝手の悪い、死に体施設だったそれを活かそうと、行政側の指導と各種企業の思惑が絡んで、昨今はやりのアニメ系イベントが行われたそうだ。

アニメ系、といってもマニアックなオタク向けではなく、有名な巨大ロボットの大型模型や、これまた有名な海賊アニメの船の船室を再現したものを持ちこんだ、子どもから大人まで楽しめるコンベンション。

幸いにして来場客は、ひと夏のイベントを楽しもうと押しかけてきた。

街としては万々歳、地元経済もそれなりに潤い——しかし、訪れた客たちの腹を満たすには、イベントホールのレストランや付近の食事処だけでまかないきれず、ホールからけっこう遠いはずの『ビストロ・カスカータ』まで、その余波が及んだのだそうだ。

——ぶっちゃけ、そんなんお台場でやってよ。

とは、阿東の談。

正直、企画の話を耳にしたときから阿東はいやな予感がしていたらしい。イベント期間はいっそ休みにしてやろうかとすら考えたそうだが、そうすると夏休みいっぱいの稼ぎ時を逃すことになる。

そして通常の数倍に膨れあがった客に対応するため、ふだんの営業時間を、業務開始は二時間前倒しし、終了は一時間延長し、客をさばいてさばいてさばきまくっている有り様だった。

当然、休みはまったくとれない。八月いっぱい、一日休めればいいところだとぼやいた電話の声は疲れきっていて、そのうち倒れるのではないかと日下は心配だった。

ふだん、すこし忙しい程度なら、店に顔を出したり、食事のついでに会ったりすることもできる。けれどオーバーキャパシティの状況で、自分という『客』が現れては却って迷惑にしかならないとわかっているため、顔を見ることすらままならないのだ。

寂しいだとか、言ってはいけないと思う。仕事に忙殺される際の余裕のなさは、日下とて経験があるし、二十代も後半に入った男として、あまりあまったれたことを口にするのは恥ずかしい。

なにより、かまってもらえないのが不満だったせいで、次々に男を引っかけては三股というとんでもない事態を引き起こした元彼女のトラウマもあり、相手になにかを要求するのは、日下にはとても気が引けることだった。

だが、阿東は言った。

――でもさあ、それで平気って言われちゃうのは俺が寂しい。なんのための彼氏なのさって思うんだけど？

忙しくて、かまえなくてごめんと何度も言うから「気にしないで」と返したら、そんな言葉を聞かされた。

その電話が昨晩のこと。「言ってもいいのかな」という気のゆるみから溢れた寂しさのせいで、あの支離滅裂な夢につながったのだろう。

ため息をついて顔をあげる。時計を見直すと、時刻はまだ六時まえ。鬱々と考えこんでいたつもりなのに、たいして時間が経っていないのが恨めしい。

（いままで、ひとりの時間なんていくらでもあったのに）

美久とつきあう以前には、日下はひとりですごすのが得意だった。本を読んだりＤＶＤを観たり、食事の作り置きをしたり――いまと大差のない生活だけれども、それでけっこう充実していた。

わがままな彼女がいる間は、ひたすら尽くすようにつとめていたため、そういう自由な時間が持てなくて、ときどきには疲れたりもした。

だが、阿東といると、楽しくて、彼のために食事を作るのも、まったく苦ではなかった。本を読むかたわらでも、彼がテレビを観ていたり、ときどきちょっかいをかけてきたりと、いつも「ふたり」で居続けた。ひとりになりたいなどと、この半年いちども思ったことがなくて、だからいま、ぽつんとした時間に日下は戸惑っている。

「……やめよ」

もう寝直す気にもなれないし、シャワーでも浴びて時間をつぶしたら、近くの喫茶店にモーニングでも食べに行こうか。

どうにか、自分ひとりでも自分らしくすごせるように計画を立てはじめた日下の目に、なにか、ちかちかしたものが映った。

ベッド脇のローテーブルに置いたままだった携帯が、着信があったことを知らせている。まさかと思いつつ、あわててそれを手にとると、阿東からのメールが届いていた。

【もう寝てるかな。さっき仕事終わった。起こしたらごめん】

短文メールのタイムスタンプは、昨晩の三時。いまの時期だけ、深夜二時まで営業しているビストロが閉店し、片づけをすべてすませたあとのメールだったのだろう。

「うわー……」

気づかず寝こけていた自分に、がっくり落ちこむ。同時に、あの夢が阿東の着メロに設定してある『サーカスギャロップ』のせいで引き起こされたのかと理解した。

(ていうか、起きろよ、俺)

用件もなにも書いていないそれから察するのは、もしメールに気づいて返事をしたら、電話をしようとしていた彼の気持ちだ。

阿東は、こういうときにはっきりした言葉を残さない。「電話してもいい？」と問うて、日下がそれに応えられなかったとあとで気づいたとき、気に病むのを知っているからだ。

それでも、電話が欲しかったな、と思う。あの低くてやさしい声が聞けたら、ちょっとだけでも阿東が補充できたら、あんな混乱した夢は見ずにすむだろうから。

【メール、気づかなくてごめんなさい。お仕事お疲れさまです。よかったら、手が空いたときにでも電話いただけると嬉しいです】

手早く返事のメールを打ち、送信したところで、時間のまずさに気がついた。

(三時に終わったってことは、まだ寝てるかも)

それこそ起こしてしまったのでは、と焦った日下の手のなかで、携帯がぶるりと震えた。そしてメールに同じく、にぎやかな音楽が奏でられる。だがメールとは違って、ワンフレーズだけで音が消えることがない。

　阿東からの、電話だ。

「も、もしもし」

『もしもーし……おはよお……』

「ごめんなさい、起こしたんですね、ごめんなさい」

『なぁんで謝るの。非常識な時間にメールしたのは俺のほうだし、気づくなりお返事くれたんでしょ』

　ふだんの数倍、のったりしたリズムの間延びした声は、あくびがまじっている。ここまでグダグダな阿東はめずらしく、心配と、恋人の知らない顔を見つけた悦び（よろこび）が同時にこみあげた。

「なにもいま電話くれなくてもよかったんですよ？　手が空いたときって」

『んー、だから電話したんだけどもー……』

しまったなあ、という気持ちと嬉しさとが入り混じって、日下は微妙な顔になってしまった。

「え？」

『休み、もぎとりました。二日間。……ていうか、無理、もう、保たない』

　ギブアップです、と呻いた阿東の声に本気の疲労を感じて、日下はため息をついてしまった。

「じゃあなおのこと、寝てください。俺のことはいいから」

『やだー』

「やだって、阿東さん……」

だだっ子のように返されて、思わず笑ってしまう。

「ちゃんと寝ないと、身体保たないですよ、ほんとに」

たしなめると、またあくびをした阿東が心臓に悪いことを言った。

『身体がっていうか、心が保たない。榮一不足』

「な……」

『あと、阿東さん呼び禁止って言ったのに』

ため息まじりの声が気だるげに響き、鼓膜を震わせる。耳がくすぐったくて思わず身震いすると、察したように彼がくすくすと笑った。

『ね、うちに来て』

「でも……」

『眠いけど寝つけないんだ。寝たほうがいいと思うなら、寝かしつけに来てよ』

あまったれた声を出しても、美声はさまになる。ずるいなあ、と思いながら、どうにも恋人にはあまくなってしまうタチの日下は「すぐですか?」と問いかけた。

『すぐ来てほしい』

「わかりました。でも、ちょっと買いものしていくから、一時間……いや、二時間くらいください」

『ん?』

なんで、と言いたげな喉声だけの問いかけに「ごはん作ってあげますから」と日下は言った。

『えっ、まじで。なに?　なに作ってくれる?』

「なんでも、好きなのを」

突然覚醒したような阿東の声に、今度は日下が笑う。

彼は、日下の作る和食——といっても、いわゆる家庭のごはん的なメニューを、こよなく愛してくれている。

『ああ、じゃあ、あれがいい。煮卵の入った——』

「豚の角煮ですね。あと、ジャガ芋と玉葱(たまねぎ)のおみそ汁に、ごはんとおひたしくらいでいいですか?」

『充分。ありがとう。愛してる!』

「はいはい。じゃあ、準備してから出ますんで」

ふだんなら照れてしまう愛の言葉も、料理に向けられたとわかっているから聞き流せる。

電話を切り、ふっと息をついた日下は、さきほどまで重たく残っていた夢の余韻が、どこにもないことに気づいた。

「現金だなあ」

たった数分の電話で、わがままを言われただけで、気分が浮上している。

やっと、会える。とはいえたぶん、阿東はきょう一日、眠っているはずだ。時間つぶしになるものが必要だろうと、鞄に読みかけの文庫を詰めこんだ。

それでも、ふたりでいられるなら充分だ。なにをしても、しなくても、彼のそばにいるのは日下にとって楽しくて、充実した時間になるだろう。

「……と、まず食材、買いもの」

浮かれて忘れないように、口に出して戒（いまし）める。まだ早朝だけれど、電車はとっくに動いているし、阿東の家の近くには二十四時間営業のスーパーもある。

シャワーを浴びて、なけなしの髭を剃（そ）ったら着替えて出発だ。軽い足取りで、日下は浴室へと向かった。

＊　＊　＊

自分でもどうかと思うけれど、すべての用事をすませて阿東のマンションへとたどり着いたのは、電話が来てからきっかり一時間後のことだった。

「早かったね？」

まだちょっと眠そうな顔をした阿東に玄関で出迎えられ、あはは、と照れ笑いをする。

「なんか、気が急いて。途中、走っちゃいました。阿東さん、寝ちゃうと困るし」

「合い鍵渡してるのに」

「まあ、そうなんですけど……」

もういちど眠ってしまうまえに、起きている彼の目を見たかった。などという、ちょっと乙女な本音は言わないでおく。

「とりあえず、いまからごはん、仕込みますから。寝てていいですよ」

両手いっぱい、買いもの袋に入った食材を掲げてみせた日下に「助かります」と阿東は頭をさげる。

「ぶっちゃけて言うと、ここ二週間はまかない飯しか食べてなくて……」

「……なるほどね」

彼の言葉と、空っぽに近い冷蔵庫の中身に日下は苦笑してうなずく。阿東もそれなりに自炊するタイプだが、多忙すぎるため自宅での食事など望むべくもなく、買い置きの野菜なども、ほとんど腐るかしなびてしまって、捨てるしかなかったそうだ。

「いっそ、一週間分保つくらい作って、冷凍しておきましょうか」

「え、いいの?」

「というか、そう思って大量に買ってきちゃったので。こんなのも」

じゃーん、とわざとらしく擬音つきで袋からとりだしたのは、チャック式の保存パックだ。冷凍冷蔵ＯＫ、汁物もこぼしません、といううたい文句のそれは、大中あわせて二タイプ用意してきた。

「ごはんもね、多めに炊いて小分けにして冷凍しておきますから。おかずも、一食分ずつにしておけば、パックごとにチンすればいいんで」

「……やばい。榮一に後光がさしてる」

手をあわせて拝んでくる阿東に「おおげさな」と日下は頬を掻いた。

「おおげさじゃないって。ほんとにきのうもさ、まかない食べたっていっても、立ったままショートパスタかきこんだだけだし、それも一食を二回にわけて」

「え、ちょっと、ほんとに大丈夫ですか？」

「帰ってきても、速攻ベッドにダイブで、ほとんど食えてないんだよね……」

そこまで修羅場になっているとは、さすがに予想外だった。というより、食事するはずの職場で、本人が飢えているなど本末転倒すぎる。

よく見ると、阿東の頬がなんとなく痩けていた。肩のラインも、記憶より尖って見える。いったい何キロ痩せたのだろうと思い、日下はぞっとした。

「やっぱり、寝ててください。作れるだけ作っていくし……それとも、いまなにか食べたいですか？」

「できれば……」

薄くなった腹をさする阿東は、寝起きらしくTシャツにスウェットのままだ。気にならないから気にしていないかったけれど、おしゃれな彼は部屋に日下を出迎える際、寝巻きのままでいたことなど、いちどもない。

（本当に、限界きてるのかもなあ）

これは、遠慮せずにもっと早めに様子を見に来るべきだったかもしれない。世話焼き体質がむくむくと顔をもたげ、榮一は真剣な目になった。

「わかりました。下ごしらえしたのも持ってきてるから、十分でリゾット作ります。横になってて」

「え、そんなものまで？」

「作り置きのホワイトシチューです。冷凍してあったのを持ってきたんで、もう溶けてるし。これにごはん入れてあっためればＯＫだから」

念のため、一食分だけすぐに食べられるものを用意してきてよかった。持ちこんだ食材をてきぱきと広げながら、日下はエプロンをつける。

「……それも持参？」

「はい、いろいろ作業するし、さすがに汚れるかもって」

思ったから、という言葉が発せなかったのは、唇が彼のそれにふさがれていたからだ。

（え？）

きょとんとしたまま、目を閉じることすら忘れた日下の目に、いつ見てもハンサムな——きょうはちょっと疲れた風情をしているが、それすら翳（かげ）りある色気につながる恋人の顔が、ドアップで飛びこんでくる。

（え？　なに？）

きつく吸われ、ねじこむように舌を入れられた。口のなかに、ほんのりミントの香りがまじる。さっき歯磨きしたばっかりなんだな——と、突然の事態についていけない頭で考えていた日下は、そのままぐいぐいと身体を押されて正気に返った。

「ちょっ……ちょっとま、ま、待って！」

「榮一……」

大あわてで広い胸を押し返したが、がっちりと腰を掴んだ手がまったく離れていかない。あげく、疲労困憊（ひろうこんぱい）の男とは思えないほどの力で引きずられ、向かったさきは彼の寝室だ。

「え、ま、待ってあの、なんで？　ごはんは？」

「腹は減ってるんだけど、ごめん、ほかのことしたい」

「えぇええ!?」

スライド式パネルで仕切られただけの部屋は、ほとんど間続きといってもいい。おたおたしているうちに、まんまと寝乱れたベッドのまえだ。

「あ、あ、阿東さん、あの」

「弘史だっつのに」

ちょっと苛立たしげに言われ、日下は息を呑む。乱暴すぎたと思ったのか、すこしだけ正気に戻ったような顔をした阿東がため息をついた。

それでも、抱きしめてくる腕はすこしもゆるまらない。

「いきなりでごめん」

「あの、あの、なんで」

「わかんないんだけど、ここんとこ忙しかったからなのかな」

ぐい、と股間を押しつけられ、日下は軽くパニックになった。

同性との恋愛初心者である日下に対して、いままで阿東はとても——変な言いかたかもしれないが、紳士的に接してきてくれていた。多少強引ではあっても、最終的には日下の気持ちを優先してくれていた。

なのに、きょうはいきなりスイッチが入ったかのように寝室に引っぱりこまれ、問答無用とばかりに、シャツのボタンをはずされていく。

「寝てないしさ、腹減ってるし。そこで榮一がエプロンとかするし」

「え？　え？」

「食いたいもん、変わっちゃって、だめだこれ」

正直、寝ていないというのはたしかだろう。阿東の言葉はよくわからず、榮一はただただ困惑する。

　そうして会話する合間にも、薄っぺらい胸のうえを彼の手のひらがさまよっている状態で、心臓の鼓動が乱れているのは驚きのせいなのか、なんなのか、日下自身にも判別がつかない。

「俺、あの、走ってきたし。汗かいてるし、シャワーも」

「うん、いらない。ていうか榮一のにおい、好き」

　首筋で鼻を鳴らされ、「うひゃ」と変な声が出た。恥ずかしくて全身が真っ赤になる。

「そそそそれはちょっと、や、やめてください」

「なんで？　……ていうか、シャワー浴びてきてるじゃん。石鹸のにおいする……」

　鼻先で肌をくすぐるようにされながら、においをたしかめられる。恥ずかしい。とんでもない。というか阿東のこんな、ケダモノじみた態度についていけない。

「す、するんですか」

「……うん？」

　笑っているけれど、阿東の目がぎらぎらしていて、怖い。

　なんだか襲われている気分だ。というより、きっぱりはっきり襲われている。いつもとあまりに違いすぎる彼が怖くて、いつの間にか涙目になった。

　声が震え、身体もまたわななく。気づいた阿東が、すこしだけ目元をやわらげた。

「だいじょうぶだよ、すぐ入れたりしないし」

そうなのか、とほっとした日下に、阿東はさらに怖いことを言った。

「きょう、俺、なんかキレちゃってるから。二、三回抜いたあとじゃないと、たぶん桊一のこと壊しちゃうし」

「ひ……」

「しないしない。だから怖がらないで。あ、でもちょっとだけ手伝って……つか、ここ、貸してくれる？」

するりと内腿を撫でられ、やっぱり入れるのかと涙目になった日下の耳元で、阿東はささやいた。

「素股させて」

うぐ、と息を呑んだのと、左胸の凝りをつままれたのが同時だった。

「すっきりしたら、落ちつくと思うから。怖いことしないから、ね？」

いまも充分怖いです、とは言えなかった。一方的だし気持ちはついていけないけれど、阿東の目が本当に切羽詰まったものをたたえている。

身体が熱いし、息も荒い。ここまで高ぶってしまった男のつらさは、同じ性を持つだけにわかる。

そして日下は、強く求められたりおねだりされたりすると、ついつい応えてしまいたくなる性格だ。

「あの、乱暴には……」

「しない。するはずないだろ」

きっぱりと言う阿東の手が開いたシャツを眺める。くしゃくしゃだし、エプロンはよれよれだし、これを乱暴といわないのだろうかと思ったのは一瞬。

「いい、ですよ。あっでもあの、ひとつだけお願い！」

「……なに？」

ぐわっと飛びかかってきそうな阿東のまえに手のひらを出して制止し、日下は口早に言った。

「買ってきた材料だけ、冷蔵庫にしまわせてください！」

五分ですむからというお願いすら、阿東は不承不承に許すといった態度で、本当にこのあとどうなるのか、日下はひたすら不安だった。

＊　＊　＊

ベッドが、ぎしぎしと揺れている。

荒い息がふたりぶん、なんのＢＧＭもない部屋のなかに満ち、ときどき色づいた声と、粘った音がまじる。

「あー、気持ちいい……」

どこか惚けたような声でつぶやく阿東は、仰向けになって膝を立てた日下の脚の間に性器を挟みこませ、ひたすら腰を振っていた。

「ごめんな、榮一、よくない、よな」

「そ……な、こと、ない、です」

枕に抱きついたまま、切れ切れの声で日下は答えた。

すでにいちど、阿東は射精している。このポーズを取らされ、数回腰を揺らしただけで放ったそれは、すでに腹のうえで乾きかけていた。

日下のペニスも、こすられる刺激と卑猥なシチュエーションのおかげで勃起はしている。けれど、達するまでにはいたらなかった。

よくない、わけではない。けれど彼ほど夢中になれないのは、死ぬかと思うほど恥ずかしいからだ。

（なに、これ、もう）

ふだん、ふつうに抱かれて――入れられる立場になっているときは、大抵めちゃくちゃに乱れさせられたあとだから、気づかなかった。

阿東の腰の使いかたは、ものすごく、いやらしい。

おまけに挿入しているときと違い、こちらを傷ませる可能性もないからか、打ちつけるようにして腿をこすってくる。

（なんか……早いっていうか、音、すご……っ）

滑りがよくなるようにと、尻から腿にかけてたっぷり垂らされたローションのせいで、ぐちゃりぐちゃりと水音がすごい。そして聴覚情報のせいでも、行為の卑猥さは増すのだと日下は知った。

セックスのときにしかしない動きと、セックスのときだけ聞こえる音。身体をつなげることだけはしていないけれど、肌を絡ませあっている事実は変わらない。

いつもと同じ、けれど決定的に違うのは、日下が猛烈な羞恥を感じる程度には、正気のままだということだ。

なんだかあけすけすぎる阿東のおかげで、いつものように行為にのめりこめなくて、感じているのに意識がひどくクリアだった。

だからこそいたたまれないし——興奮もしてしまう。

「あっ、あ、やばい、やばいやばい」

貧相とまではいかないけれど、とくにいいとも思えない日下の身体を抱きしめて、阿東が腰を振り続ける。

どう振る舞えばいいのかもわからないまま、ただとにかく内腿に力を入れて、挿入されたときと同じリズムに揺らされながら、日下は唇を噛んだ。

（え、えろい……っ）

汗ばんだ額に貼りついた前髪、苦しそうにぎゅっと眉根を寄せ、浅い息をまき散らす阿東の全身から、雄の色気とでもいうようなものが立ちのぼる。

最初は、うつぶせだった。日下の脚は女性のそれとは違って細く、脚をクロスさせるようにしていないと阿東のペニスをうまく挟めない。

仰向けに寝転がったままでは厳しいと思ったのに、「どうしても顔が見たい」という阿東に負けて、いま、自分で自分の膝を抱え、開いてしまいそうな脚を必死に閉じ続けている。

「あ、もう……でそう」

「ひっ」

ぐい、と腰を突きあげた阿東の濡れたペニスが滑った。硬直し、角度を持ったそれが腿から跳ねあがり、尻の隙間に食いこんでくる。

そして——彼のせいで性器に変えられたちいさな孔(あな)へと先端が押しつけられた。

「えっ、ちょ、むり、むりっ」

「いれないから、平気」

「でも、でも当ててる、当てて……っ」

ぬめったものが隙間に圧をかけてくる。

でもまだ慣らしてすらいない場所はかたくなにすぼんでいて、こじあけられそうで怖くて、なのに日下の身体は冷めるどころか汗ばんだ。

やわらげられ、濡らされ、とろとろにされてから暴かれる瞬間の快楽を、身体が覚えている。

この硬い大きなもので体内をいいだけこすられるときの感触を脳が再現し、ぎゅう、と粘膜が絞られる。

それはまるで、入り口でぐりぐりと押してくる彼の先端を、舐めるような動きだった。

「榮一、それやば、やばい」

「えっ、やっやっ、無理です、入れるのだめ、だめ」

「入れないよ、大丈夫、入れないか、ら、……っ」

「うあっ」

ぐじゅん、と粘った音が奥深くから聞こえた気がした。ひときわ強く腰をまえに出した阿東は、まだほころんですらいない孔めがけて射精する。

押し当てられ、わずかに開いた隙間から入りこむ粘液、そのむずがゆいような感触に、日下は唇を噛んだ。

（いやだ、やだ、なかに、入ってくる……なかに、出された）

二度、三度と震えながら吐きだされるそれの量は、ひどく多いような気がした。いままでこうした――身体の本来の機能を曲げるセックスのルールを阿東は破ったことがなく、常にコンドームは装着していた。当然、あの熱い体液を内部で直接受けたことなどない。

シーツを掴んでいる手がぶるぶる震えていた。

なにこれ、なにこれ、と日下はそれだけを脳内で繰り返し、恥ずかしいのか、屈辱的なのか――快感なのかわからないまま、全身を真っ赤に染めあげた。

「はあ……きもち、よかった」

脱力したかすれ声が、肩に直接響いた。背中にのしかかってくる阿東が、心の底からつぶやいているのがわかる。

それ自体は、べつにいい。許したのは日下だし、いままでさんざんセックスしておいて、素股程度でこうも恥ずかしい思いをするのはおかしい、と思う。

でも、やはり、きょうの行為は卑猥にすぎた。

「ごめんな、ぬとぬとになっちゃった」

「言わないでくださいっ」

「……ついでにもうひとつ謝る」

腿を締めろと言われ、長いこと力を入れたせいで、脚がすっかり硬直している。そのおかげで慎ましく閉じていた尻たぶを、大きな手が広げた。

「ちょっと、やだ！」

「無理。この眺め、エロすぎんだろ」

どこかうつろな声でつぶやいた阿東が、自分の放ったもので粘ついたそこを指で撫でてくる。

いつもよりも膨らんだような気がするそこは過敏で、日下はびくびくと身体を跳ねさせた。

「い、いきなり入れない、って」

「うん、だからいきなりはしないから」

覆い被さった状態で、阿東が腕を伸ばす。びくっと震えた日下の、強ばった腿をそっと伸ばさせながら、枕元に放ってあったローションのボトルを手にとった。

べとべとになっているそこに、さらに粘液が足されていく。続いて指が、奥まった場所へと忍んでくる。

「う、あ」

「痛くしない」

声をあげると、なだめるようにこめかみへと口づけられた。おずおずとうなずいた日下の表情をたしかめ、阿東がそっと指を送りこむ。

「あれ……」

ちいさく、だが驚いたように声をあげられ、日下は全身が熱くなった。ずぶり、とほとんど抵抗なく埋まっていく指。もう一カ月近く抱かれてもいないのに、そこはぐずぐずに溶けきっている。

「……自分でした?」

「してないっ」

噛みつくように声をあげたけれど、それはそれで恥ずかしかった。

「すげえ。感じると、こんなんなっちゃうように、なっちゃったんだ？」

「言わないでください……」

両腕で顔を覆い、日下は身悶える。

快感を貪る阿東についていけないと思っていたのに、興奮する身体だけはすっかりできあがらされている。

腿をこする擬似的な行為だったのに、頭のなかではずっと抱かれていて——粘膜が彼を欲しがって、勝手にゆるんでしまった。

力の抜きかた、筋肉のやわらげかた。もうとっくに覚えさせられてしまったそれらの『方法』で、無意識のまま、日下は阿東を待っていた。

「うん、でも、嬉しい」

「なにが？」

「榮一の身体、俺のためのものに、なってんだなあって」

性的な緊張感はまだ漲っているのに、阿東はどこかふわっと微笑んだ。嬉しそうで楽しそうなその顔を指の隙間から見てしまい、日下は「もうっ」と顔をしかめる。

「ぜんぶ、阿東さんの……弘史さんのせいだから！」

「うん」

「ほんとは、もっとちゃんとごはん、食べて、寝て、ゆっくりしてから……っ」

抱きあいたかったのに、という言葉をキスが呑みこむ。舌を入れられたのと、奥に二本の指を入れられたのがほぼ同時で、あまったるい悲鳴は彼の唇が吸いとった。

（もう、ほんとに強引だ……！）

ぬめる舌とうねる指に責めたてられながら、日下は涙目になる。

身体の奥が痺れて熱い。さきほど、やさしい手つきで伸ばされた膝がまた勝手に曲がり、かかとに力がこもって腰が浮き、いつの間にか、彼の指がこする場所を調節しようと揺らめく。

「ここ、好き？」

「あっ、あっ」

「好きだよな、お尻浮いてるし」

ちょっと乱暴に出し入れされても、もう気持ちいいばかりだった。あとで痛くなるかもしれないなどと、そんなことすらわからなくなって、日下はあえぎ、身悶える。

内側からこみあげてくる蜜のような快楽と熱。

濡らされ、とろかされて、開いた場所が寂しくなる。指では足りない。

「あ、もう、もうっ」

「入れていい？」

こくこくとうなずいた。言葉でねだるのすらむずかしいほど追いつめられ、脚を開かされる動きに従順に従う。

ごつごつした指が去って、まるみのあるものが狭間に当てられた。ぬるりと、なかから溢れそうなくらいに塗りつけられたローションが彼のペニスと日下の腿を汚していく。

「あー……っ、あ、あっ」

「うお」

ずるり、ひと息に食まされたそれは硬くて大きい。いままでにないくらいの圧迫感があるのに、日下のそこは嬉しげに収縮し、しゃぶるように蠢いた。

「ちょ、榮一、すっご、い」

「い、いや、いやっ」

変なことを言うなと叱りたいのに、あまえたような声の短文しか口にできない。そして「いや」と否定するのは言葉ばかりで、うねる粘膜も絡みつく腕も、阿東が欲しくて欲しくてたまらないと訴えている。

「ああ、も、ちょー気持ちいい……っ」

感触を味わうように目を閉じ、腰をまわす阿東の首筋にしがみついてあえぐ。「ああ、ああ」と意味もない声だけが溢れ、閉じられなくなった唇が唾液で濡れると、まるでもったいないと言わんばかりに阿東が食らいついてきた。

「んんんっ」

息と声がふさがれて苦しい。腰を送りこまれるたび、身体のなかにどんどん粘ついた蜜がたまり、快楽という名前のそれがいっぱいになってはちきれそうで怖い。

もがくようにして唇を離すと、喉から悲鳴が迸る。

「あう、あっ、あっぁ、あっ……！」

「榮一、きもちい？」

「んんっ、いい、いいです、いいっ」

「だね、すごい、よさそう……」

しがみついた指に力がこもる。きっと阿東の肌に傷を残してしまうとわかっているのに、逃げ場のない感覚が怖くて、泣きながらすがりついてしまう。

「あと、さん、阿東さんっ」

「弘史、だって、ば」

いちいち訂正されても、呼び慣れた名前しか口にできなかった。理性はとうに吹っ飛んでいる。重なった身体の間に阿東が手を入れ、痛いくらい尖った乳首をつねってきた。日下は仰け反りながら、激しく腰を揺らめかせる自分にも、まるで気づけない。

ただただ、よくて――そして嬉しくて、泣きじゃくりながら「阿東さぁん」と彼を呼ぶ。

「なんでそう、かわいい声で呼んじゃうの」

「阿東さん、あと……さん、す、すき」

ぽろりと、考えるよりさきに言葉が出た。しゃくりあげながら「すき、すき」と繰り返すたび、阿東のそれが身体のなかで大きくなっていく気がする。

「やばいってほんと、ね、出ちゃうって」

「いい、です。いいから」

「まじできょう、ゴムつけてねえってばっ」

日下が夢中になったぶん、阿東がすこし正気づいたのか、いまさらなことを言う。うつろな目で揺らされながら、日下は言った。

「さっき、出した……」

「いや、あれは」

気まずそうに顔を歪める阿東の頬へと手を伸ばし、日下は声にならない声で、ささやく。

――もっといっぱい、なかに、して。

「……っちょ、まって、まって！」

さきほど自分が言った制止の言葉を、今度は阿東が口にした。あわてたように腰を引くのが許せず、脚を絡めて逃げを封じる。

「まじやばい、やばいって槃一、でるっ」

「いい、いいから……」

「いやほんとよくね……っうあ、ちょ、なに⁉」

無意識に、日下の脚が滑った。阿東の背中と腰の間をかかとで撫であげるような仕種に、彼はびくりと身をすくめ、ぐうっと奥歯を噛みしめる。

そして日下のなかの、いちばん深いところにたどり着いていたそれが、ぶるり、と震えた。

「あー……っ、あ、ばか」

「あ、ん」

粘膜の奥にある粘液が、どろりと流れを変えるのがわかった。射精された、と理解したとたん、腰骨の奥から猛烈な快感がわき起こり、日下は鳥肌を立てる。

ぐったりとなった阿東が倒れこんできて、腕のなかに受けとめた。息を切らしている彼の眉間にはきつい皺が寄っていて、まだとろけた思考のせいで理性は働かず、日下はそこに唇を押し当てる。

「ちょっと、あのさ……榮一……」

「俺、さみしかった、です」

なにかを言いかけた阿東の言葉を遮って、日下はふわふわした気持ちのままに本音を打ちあけた。阿東が目を瞠る。

「会えなくて、思ってたよりすごく、さみしかった」

「榮一……」

ごめん、と唇だけが動いた。かぶりを振って、榮一は目でキスをねだる。さきほどまでの、官能をくすぐるそれではなく、やさしくあまい、阿東のキスだ。

「ひとりでいるの、慣れてたのに……美久といたときも、ひとりの時間ってやることいっぱいあって、でも阿東さんとつきあいだしてから、なにしていいか、わかんなくなって」

「……うん、俺も」

言葉を交わす合間にキスをして、お互いの身体をしっかり抱きしめあう。下半身はまだつながっていて、快感の余韻にじんわり痺れたそこを意識しながら、日下は言葉を続けた。

「これも……いきなりだったの、びっくりしたんですけど、でも、したかった……みたい」

「途中から、俺のほうが押されたもんなあ?」

からかうように言われて、日下は赤くなった。「ごめんなさい」と小声で言うと、頬を軽くつままれる。

「なんで。嬉しかった」

「でも、俺ばっかり夢中になって、よくなかったんじゃ」

「なに言ってんの。あんな榮一見られてしあわせ」

言葉のとおりの表情をしてみせるから、ほっとしつつも恥ずかしい。おまけに、つながったところで感じている阿東自身は、いまだに萎える様子がない。

「あの……寝たほうが」

「寝てる、いま」

「あ、あ、の、ご、ごはん、作る、から」

「いまはこっち」

いつの間にか、淫靡（いんび）なリズムで動きだしたそれが、体内でどんどん育っていく。

本当は寝かせたほうがいいのはわかっている。

阿東の顔色はけっしていいとはいえないし――さきほどよりは、運動したせいで赤みが増しているけれど――こんなに激しく動いたら、ますます消耗してしまうのではないかと日下は案じた。

「ね、眠ってから、また、すればっ……あ、あんっ」

「……いましたい。俺ので桀一が濡れてるの、やばい、すごい、気持ちいい……」

あらためて言葉にされると、快楽のせいで忘れていた羞恥がよみがえってしまう。おまけに「さっきは夢中でかまってやれなかったから」などと言って、阿東が日下の性器にふれてきた。

「あっ、や、やだ」

「やだじゃないって。……ていうか、こっちでいってないの？　ひょっとして」

ぬるぬるに濡れてはいるが、あの白く濁った体液を放った痕跡がないことに日下は驚いた。

「え、でもさっき、ちゃんといって……」

「こっちだけでいったんじゃない？」

こっち、という言葉と同時に突きあげられ、「んあ！」とあまったるい声が溢れる。このまま？と目で問えば、このまま。と同じく視線で返される。

こんなことをして、ますます疲れるのにとか、終わったら阿東は気を失うんじゃないかとか、いろいろ気がかりなことがあるのに、貪るように抱いてくる男の腕が気持ちよすぎて抵抗できない。

（このひとも強引だけど……俺も、流されやすすぎる）

本当にふたりとも、だめすぎる。そう思って目を閉じたとき、あの夢の断片がふたたび日下の脳裏に浮かんだ。

腕のなか、抱かれて踊っているのはもう美久ではなく、自分自身の姿だ。そして飛び跳ねる音符たちは闇を連れてくるのではなく、淫らに絡むふたりの姿を、誰からも見えないように隠してくれる。

「あのさ、榮一」

「ん……？　ん？」

激しいキスをして、お互いにあえぎながら、阿東が口を開いた。

「俺もさ、すごい、さみしかった。忙しいし、榮一に会えないし、榮一の飯食えないし……セックスできないし」

だからいま嬉しい。鼻先を日下の薄い胸にこすりつけて、長い髪を乱した彼がつぶやく。

その瞬間の、胸の高鳴りは、いままでの人生で彼にしか覚えたことがないものだ。

せつなくて痛いくらいなのに、手足のさきが痺れるくらいにあまい。

「し、したかっ、た？」

「すごく」

相変わらずあけすけで、笑ってしまうくらいなのに、抱きたかったと言われて嬉しいのは本当だ。

「俺も、嬉しい」

微笑んで返した日下に、阿東は痛いくらいの抱擁をする。たぶんこの行為が終わったら、日下も阿東と同じくらいに疲れきって、食事を作る余力もないかもしれない。予定も計画も狂ってしまって、もしかしたらちょっとケンカになるかもしれない。

それでも胸の奥、ごちゃごちゃに連なった音符がまた飛び跳ねて、軽やかにめぐる。

つないだ手のひらの間で、むずかるように震えるのは、恋の音だった。

# 勘弁してくれ

illustration
冬乃郁也

（ダリア文庫）

# 俺のすること全部気持ちいいんだろ？

高橋慎一は、はとこの義崇と微妙な関係。浮気癖のある男と拗れ、近くにいた男をあて馬にすることで別れ話を完遂したが、それは小さい頃に会ったきりのはとこ・義崇だった。ゆきずりと信じたまま体の奥まで弄られ、散々鳴かされてしまった記憶に身体は疼く。けれど、再会以来無邪気になつく義崇からは、あの夜の情熱は見えない。年下の義崇の将来を思えば、素直に身を任せることもできず…。

# 好きにしてくれ

茄(ゆ)であがったパスタをフライパンに入れ、ざっと振るって、トマトと茄子(なす)のソースと絡める。皮をぱりぱりに焼いた鶏肉はべつのフライパンに待機している。皿に盛りつけ、最後にルッコラを散らしてできあがりだ。

「義崇(よしたか)。たかくーん。夕飯できたから、テーブルかたして準備して」

風呂あがりにテレビを観ていた義崇は、「はぁーい」と答えて立ちあがる。

「こら、そのまえに手洗え！」

小言を言うと、これまた素直に「はぁーい」と洗面所に向かう。背は大きいくせに、ぱたぱた走りまわるさまはどこかかわいい。

「あ、それからおまえ、洗濯物出しとけ。きょう、部活あったんだろ」

「お願いしまあす」

慎一(しんいち)は再会してからしばらくの間、こうして義崇の世話をしたり食事を作ったりするたびに微妙なものを感じていた。けれど関係がはっきりと固まってからは、むしろ思い悩むことはなくなった。

「洗濯物出した。片づけもしたよ。風呂はさっきお湯落とすついでに、洗っておいた。あと、このお皿、持っていけばいい？」

言うこと聞いたから褒めて、という顔をされると、よしよしと頭を撫でてやりたくなる。かまわれるだけで嬉しそうな義崇には、慎一も顔がほころんでしまう。だが義崇の場合、口うるさい慎一に反抗することもめったになく、ひたすら素直だ。

機嫌よく、きれいな所作で食事をする義崇を眺めていると、不思議そうな顔をした。

「慎ちゃん、なんでにこにこしてんの」

「義崇はイイ子だな」

なにそれ、と小首をかしげる。身体は大きいのに、妙に仕種がかわいい。形のいい頭を撫でたくてむずむずする手にフォークを握り、慎一はつるんとパスタを吸いこんだ。

「俺、結局長男体質なんだよなあと思って」

高校から重ねた男性遍歴のなかで、慎一が年下の相手とつきあったのは、じつは義崇がはじめてだった。そして、だからこそうまくいっているのだと気づいたのは、つい最近になってのことだ。

こうしてつきあいが深まり、慎一が本来の世話焼き&仕切り体質を発揮しはじめると、年上や同い年の男の場合、鬱陶しがることが多かった。もともと気が強いほうである慎一が口答えをしたり自己主張をしたりすると、生意気だと言って叩きつぶしにかかることすらあった。

羽賀(はが)などはいい例で、たとえばさきほどのように慎一があれこれ指示などしたら、いやな顔を隠そうともしなかった。

――俺は、べつに女房が欲しいわけじゃないんだけどね。

適当な上っ面さえあればいい、と言ってのけるあの男は、歴代彼氏のなかでも最低だったとは思うけれど、もしかすると慎一の仕切り癖を、年上の男として、ばかにされたように感じたのかもしれない。

「自覚なかったけど、どうも、ひとの面倒見るの好きらしいから、おまえがあまったれでちょうどよかったんじゃないかと――」

思っただけだ、と言いかけて、義崇が眉をひそめているのに気づいた。急降下したらしい機嫌に、いったいなんだと今度は慎一が小首をかしげると、義崇は地を這うような声を出した。

「それ、誰と較べての話?」

ぎくっとした慎一は、妙なスイッチを入れてしまった自分の発言に、内心舌打ちをした。義崇にこうして内心を見透かされるのは、めずらしいことではない。

「いや、べつに誰ってことはないけどさ。ほ、ほら、最近、店長になって、若いやつの面倒見ることもあるし」

「なにそれ? 俺以外の誰か、面倒見てんの? あまやかしてんのっ?」

「……いやだから、なんでそういう話になる」

適当な言い訳は、義崇の大変狭い心によけいな火をつけたらしい。どっと疲れた気分になり、慎一はうなだれた。

（もう、このやきもち焼きだけは、どうにかならんのか）

ため息をつくと、拗ねたように眉をひそめる義崇がいる。ぷ、と口を尖らせてフォークをかじる様子に、結局は笑ってしまった。

「安心しろ。ここまであまやかすのは、おまえだけだから」

「……ほんと？」

上目遣いにじとっと見つめられ、ほんとほんと、と苦笑してやる。こんなふうに絡まれても怒る気にならない時点で、気づいてもよさそうなものだけれどとおかしくなった。

「店の後輩と、義崇じゃ、ぜんぜん違う。わかってるだろ？」

食べ終えた皿を横によけ、身を乗り出して尖った唇をんちゅっとついばんでやる。ふだん、自分からはしょっちゅう吸いついてくるくせに、不意打ちに弱い義崇がうっすら赤くなった。めずらしい表情に、してやったりとにんまりする暇もなく、あまったれの年下男は「慎ちゃぁん……！」と飛びついてくる。

シャツに手を突っこまれ、顔中にキスを振りまかれて、慎一は叫んだ。

「こらっ、そっちは片づけと洗濯のあと！」

げんこつでいさめると、不服そうにしつつも渋々うなずく。いちどだけぎゅっとハグして、慎一は耳元でささやいた。

「おまえが片づけてる間に洗濯すれば、時間短縮できるよな？」

「すぐやる！」

尻尾があったらぶんぶん振りそうな勢いでエサに飛びついた義崇は、ぱっと立ちあがって皿を片づけ、台所に向かった。ご機嫌のうしろ姿を見送り、慎一はほっと息をつく。

義崇のしつけについては、ムチ三のアメ七、というところがベストだ。厳しくしすぎると冷たいと言って拗ねたあげく、怖い方向に突っ走り、義崇ブラックが降臨しかねない。かといってあまやかしすぎると図に乗って、それこそ際限なく――というより見境がなくなる。

（どっちにしろ、俺の腰に負担がかかるわけだからなあ）

年下の、体力ありあまる恋人を、とりあえずはうまく操縦できている自分に満足して、慎一は早くも乱されたシャツのボタンをかけ直した。

＊　＊　＊

皿洗いをすませた義崇はすぐにもベッドに行こうともくろんでいたらしいが、洗濯物を干し終わるまでと言ったらまた拗ねた。

「すぐ干さないと皺になるだろ！」

いちどはじまったら、義崇は長い。洗濯したまま忘れさられた衣類が、翌朝生乾きで発見され、洗い直す羽目になることもままあるので、慎一はそのひとことで断固抵抗した。

じりじりしていた義崇が待つこと三十分強。その間、ベランダだからひとに見られると抵抗する慎一にかまわず、背中にべたりとへばりついていた。「そこまでするなら干すの手伝え」とたしなめてみたが、「やだ」のひとことで振り捨て、がじがじと慎一の耳を噛み、シャツの隙間から指を突っこみ、腰を撫でる。

「ね、早く、慎ちゃん」

待てないと腰をこすりつけられ、慎一も正直、むらむらする。おかげで干しかたがいつもよりちょっと乱暴になったけれど、大半は義崇の服だから、もう知ったものかとやけくそになる。

「終わったから、部屋――」

行くぞの言葉を皆まで言わせてもらえず、身体を反転させて腰から抱えられる。同じ高さに持ちあげられた顔、近い視線に驚くより早くキスをされ、義崇はそのまま歩きだした。

「んー……っ、んっ」

体勢の不安定さから、慎一はその首に腕をまわす。びくん、と身体が跳ねたら、スイッチの入った合図だ。吸いつく時間が長くなり、角度が深くなり、知らずめくれた唇の内側、軟体動物のように舌が絡みあう。

キスに夢中になるせいか、義崇の歩みも遅い。リビングに移動したところで、と義崇がつぶやいた。

「……も、だめ。ここでしよ?」

「え……あっ」

慎一の足は床についたとたん、かくんと崩れた。それを追うように義崇もラグのうえにしゃがみこむ。ぺたんと尻をついた慎一の背中を抱きしめ、軟口蓋をぐりぐり押され、歯茎を舐められ舌を噛まれる。

「んふ、んふ、んふっ」

気づけば、シャツのボタンがはずれていた。けれど脱がされないまま、はだけた布地のうえから乳首を引っ掻かれ、小刻みな振動に連れて膝がぐらぐらになっていく。

立て膝で座っていた慎一の足の甲を、大きな手のひらがぎゅっと押さえた。同時に、義崇のシャツを握りしめていた手が捕らわれ、指を全部絡めるやりかたですりあわせられる。

(あ、やば、あ、あ、あ)

硬く尖らせた舌が口腔を出入りするように動くのは、セックスを想像させて卑猥な気分にさせるためだ。そして絡んだ指の股でも、義崇の長い指は同じように動いている。そして、最高潮に気分が高まり、脳がいい具合にとろけたところで、耳元には吐息と声が忍びこんでくる。

「あは……スゴイね慎ちゃん、口でも指でもセックスできちゃうね」

「ひっ、やっ、や!」

言いながら、ぬるっと耳を舐められ、反対の耳には指が入れられた。ぞわあっと全身の毛が逆立ち、背中からラグに倒れこむ。

近くなった体温、お互いの湯上がりのにおいが濃くなる。同じシャンプーと石鹸(せっけん)を使っているのに微妙に違うそれを義崇は嬉しげに吸いこみ、慎一もかすかに鼻を鳴らした。

「慎ちゃん、しんちゃん、ここでしていい?」

「やだ、ばか……あ、こらっ」

下肢の服を引き抜かれ、尻を揉みくちゃにされながら、腿に腰をこすりつける義崇がおねだりする。長い指は奥まった場所に触れ、そこがぬるついていることに気づいた彼は、興奮もあらわに目を細め、上唇を舐めた。

「これ、すぐ入れちゃっていいってことだよね? 慎ちゃん、欲しかったんだ」

かあっと赤くなって、慎一は目を逸らす。夕飯まえに風呂に入るのは、ある種のアプローチでもあることを、もう義崇は知っている。ふたりですごすゆったりした時間のあと、若い義崇が求めてきたとき、いくら慣れているとはいえ、慎一の身体がすぐ応えられるとは限らない。愛撫するのを厭うどころか、嬉しげにアレコレしてくれるけれども、ときどきは衝動のままつながってしまいたいことだってある。

「……待たせんの、悪いだろが」

「ふふ。……ああ、ほんと、慎ちゃん好き」

ぐっと両脚を持ちあげられ、なんだかものすごくなったものがそこに添えられる。狭間をスライドするようにして、長さと硬さを教えこんだあと、じんわり笑った義崇は、ゆっくりと腰を埋めてくる。

「ん、あー……きっもち、いい」

義崇がうっとりつぶやき、慎一の喉からは尾を引くような、震える声が長くこぼれた。ぶるる、と身体もまた震え、快楽に落ちた瞬間特有の頼りなさを感じるけれど、義崇がしっかり抱いていてくれるから安心する。

「慎ちゃん、背中痛くない?」

ラグを敷いているとはいえ、フローリングのうえだ。このままがつがつやられたら痛いだろうなと思い、「ちょっと」と目を細めて慎一が答えると、つながったまま身体を持ちあげられ、膝のうえに乗せられる。

突然の体位変更と衝撃に、慎一が「ぅン!」と息を詰め、義崇もぶるるっと震えた。

「くあ、締まるっ」

「ばか、急に、奥っ……あっ、あっあっ」

息を整える間もなく下から腰を抉られ、慎一はすぐにあまくとろけた声しか出なくなる。お互いの身体に挟まった慎一の性器が硬い腹筋にこすれ、ぬるぬると滑るそれを大きな手が握ってしごく。

「あっあっ、やだやだ、いく、それ、いく」

「うん、いっちゃっていいよ」

広い肩にすがりつくと、背中を撫でおろした両手で尻を掴んだ義崇が、お互いのつながった場所を指でくすぐってくる。いっぱいに拡がったそこは敏感で、入れられながら刺激されると腰が抜ける。ぐにゃあ、ととろけた身体を抱きしめたまま、義崇は背中からラグのうえに転がり、膝を立て、慎一の身体が浮きあがるくらいに突いてくる。

「んあぁあん！　あっやだ、だ、だめっ」

「だめじゃないよ、慎ちゃん、ね、いっしょに、イこ。お尻でイって、出ちゃうとこ見せて？うんといい顔して、俺に見せて？」

「やだっ、あっ、そん……だ、めぇっ」

追いあげられ、待ってとせがんでも聞いてもらえず、あまったるくも卑猥な声で「いっぱい射精するとこ見せて」とねだられて、気づけば慎一は両脚を開ききり、仰け反り、義崇の手に乳首を捏ねまわされながら――。

「イく、イく、義崇っ、義崇すきぃ……っ」

彼がいちばん好きな声で叫んで、望んだとおりの痴態を見せつけ、達した。

＊　＊　＊

ベッドに移って第二ラウンド開始、バックで、側位で、立位でと求められ続け、フィニッシュは涙と涎でべとべとになった顔で、互いの目を見つめあいながらのものになった。

——ねえ、ほら。俺のイくとこ見てて。

快楽に濁った顔を凝視されるだけでも恥ずかしいのに、義崇は淫靡な笑みを浮かべ、くらくらするほど色っぽい声であえいで、慎一の奥深くに、たっぷりと長く、放った。

(俺が長男体質っつうより、こいつが異様にあまえ上手なだけじゃないのか?)

というより、じつのところ手玉に取られているのはやっぱり自分だろうか。くたくたな慎一は、胸になつく男をつついて、ふとそんな疑問を覚えもしたのだが。

「慎ちゃん、かわいかったぁ……」

本心からうっとりと満足そうにつぶやく義崇を見てしまうと、まあいいか、という気分になった。いずれにせよ、お互いの相性のよさは疑いようもないし、幸せなのだ。

つむじにキスをすると、お返しに顎をかじられる。じゃれついてくる身体の熱は、たぶん朝まで、冷めそうにない。

# キスの味わい

あ、と声をあげた義崇が、突然キスをほどいた。

「慎ちゃん、煙草吸っただろ」

睨みつけられた慎一は、うんざりした顔で「そうだけど？」と顎を突き出す。

「そうだけど、じゃないじゃん。禁煙してって頼んだじゃん」

めんどうな、と慎一は顔を歪めた。自身が喫煙者ではないせいか、まだ十代の感覚は鋭いのか、その日一本だろうと煙草を吸えば、百パーセント義崇にばれる。

再会してからこっち、煙草を吸うな吸うなと繰り返すはとこで恋人の、本当の禁煙希望の理由は、キスの味が違うからいやだと、そんな恥ずかしいものだった。身体のことを気遣うのではなく欲望丸出しのそれを知ったとき、慎一はどういう顔をしていいのかわからなかった。

「味って、でも仕事のあとに一本だけだし。そのあとちゃんと歯ぁ磨いてマウスウォッシュもして口臭予防のタブレットまで食ったぞ、そんでもやなのかよ」

「やだよ。慎ちゃん気づいてないけど、髪ににおいついてるし、そもそも味がぜんぜん違う」

「味って……俺のベロはどんな味だよ」

慎一自身はミント系のそれらで舌が痺れ、ほとんど煙草のにおいもなにもわからないのだが。

そう告げると、義崇はにんまりと笑った。

（出たな、義崇ブラック）

最近、隠す気もなくなったらしいこのサドっ気満載の顔を、近ごろの慎一は心ひそかに『ブラック』と呼んでいる。ちなみに、きゅんきゅんと子犬のようにあまったれてくるほうは『ホワイト』だ。

「味っていうのはね、味覚の生理学的な化学反応の五味だけじゃないんだってわかる？」

「小難しいこと言うな、めんどくさい」

またうんちくか、とうんざりした顔で慎一は顔を背ける。けれど両肩をがっしり掴んだ義崇は、ますます端整な顔を近づけた。

「食感が大事って言うじゃん。口のなかでざらっとするとか、ぬるぬるするとか、ねっとりしてるとか、そういうので『味』って決まるでしょ」

「で？」

「喫煙者のひとってドライマウスになりやすいし、舌の表面も荒れてくるし、鈍くなるんだよね」

なんだか擬音に不穏なものを感じた慎一は「……だから？」と上目遣いで警戒しつつ、じりじりと後退しようとする。

ふたりで暮らす部屋のなか、突き当たりにはベッドがあるという空間で、なかば抱き寄せられたまま。ろくに逃げ場はないとわかっていても、なすがままになるのはなんとなくしゃくなのだ。

「だからね？　慎ちゃんは、煙草吸った日とそうでない日とで、感度が変わるんだよ。吸ったときのつるつる感も違う」

「へ……へー……」

「それにね、ヤニくさいの消そうとして、ミントばっか噛むのもやめてよ」

「なんでだよ、いいにおいっ……」

すり、と鼻先を頬に寄せられ、慎一は言葉を途切れさせた。鼻梁（びりょう）が高い義崇ならではのあまえに似た愛撫。くすぐったいようなこれに、ひどく弱い自分を知ったのはいつだろう。

「説明できないけど、ちゃんと慎ちゃんの味ってあるんだから、そんなので消さないで」

「だ、だから味とか」

「ね？　煙草、やめよ？」

肩に両腕をかけられ、にっこり微笑んで小首をかしげる。今度は義崇ホワイトだ。慎一の警戒心や恐怖や猜疑心（さいぎしん）の全部を、微笑みひとつでぐずぐずにする。

「ど、努力はする……」

「うん、頑張ってね」

唇に高い音を立ててキスをされ、慎一は内心「あーあ」と呻いた。

(そのうちホントに押し切られる)

ちゅ、ちゅ、とかわいい音を立て、まるで子猫がじゃれつくように何度も唇に吸いついてくる義崇は、慎一の背後にまわった手で、背中から尻、脚にかけてを絶妙なタッチでさすっている。

「ん……ん……」

かわいいキスに惑わされているうちに、その手が前方にまわり、慎一が弱みの腰骨から脚のつけ根にかけてを人差し指だけでくすぐられた。

思わず目の前の広い胸を押し返そうとして、敏感になった手のひらが義崇のシャツにこすれる。

「……っ、あ」

思わず声をあげて手を離す。じいん、と痺れたそれが自分でも信じられず、涙目のまま義崇を見あげ、くたくたにとろけた身体を抱きしめるしかできない。

義崇はうっすらと笑い、目を細めた。

「感じちゃったんだ?」

義崇が見つけて、せっせと刺激し開発された手のひらは、日常ではさほど敏感とは言えない。だがこんな時間には、慎一の性感をなにより刺激する部位となり、それを知っていて義崇は、自分の身体を触らせるのだ。

——ね、コレ、どんな感じ?

滾(たぎ)った熱を握らされ、愛撫しているのは慎一のほうなのに、射精するまで言葉でずっと意識させられたこともある。

　敏感な皮膚にこすりつけられた、なまなましい感触がよみがえり、慎一はぶるりと震えた。

「下ごしらえは、ばっちりってとこ？　おいしそうだね、慎ちゃん」

「あほー……」

　だらりと開いた脚の間に、義崇の膝が触れている。けれど、なにもしない。ただ当たっているだけ。なのに、ジーンズを通して脈が伝わり、それだけで愛撫になってしまう。

「どうする？」

　あまい声は、脅迫の響きを持っている。

　今夜もおそらく、さんざんな目にあわされ、言質を取られるはずだ。たぶんそのうち本当に禁煙する羽目になるだろう。

　涙にかすむ目で見あげた義崇は、ブラックとホワイトが混じりあったような顔をしていた。あまったれでかわいくて、残酷で意地が悪い。

　マーブルのその表情が、じつのところは慎一がいちばん好きなもので、けれど年下の彼氏にいつまでもしてやられるのは、好きじゃない。

（見てろ、このやろ）

「……しんちゃん？」

　慎一は無言のまま、自分から長い足に腰を押しつけ、上下左右に蠢かす。義崇を身体に入れたままこうしてやると、彼がたまらず呻くのを、もう知っている。

ごくりと、義崇が喉を鳴らした。饒舌(じょうぜつ)な言葉は唾液とともに呑みこまれたらしく、がむしゃらなキスが襲ってくる。

（あー、ちとやりすぎたかな）

反撃はそのまま我が身に返ってくる。

落としにかかるまでは余裕の笑みすら見せているけれど、本当に肌をあわせた瞬間、義崇は本当に慎一に夢中になり、朝まで手放さない、なんてこともざらにあった。

もしかしたら、それをこそ期待して、挑発してしまうのかもしれないけれど。

（明日、起きられるかな）

複雑、かつ単純な恋人の広い背中を抱きしめ、観念したかのように、慎一は目を閉じた。

# ぼくらが微熱になる理由
## 〜バタフライ・キス〜

冬乃郁也 / 原作：崎谷はるひ

( ダリアコミックス )

ワンコ系ホスト×堅実公務員…
バタフライシリーズ第１弾!!

妹の幸せを生きがいに、地味に真面目に暮らす久世誓司は、ある日勤務先の区役所で、困っていた純朴そうな青年を対応する。しかし彼は、実は人気モデル兼ホストクラブ『バタフライ・キス』看板・一路で⁉ 理由あってホストに悪印象を持つ久世だったが、純粋に慕ってくる一路に次第に心を開いていく。対極な２人は、すれ違いながらも惹かれあい…。ホストと公務員の不器用ピュア・ラブ♥

# 蓼食う虫も好きずき

高橋慎一の勤めるメンズアパレル系ブランド『SLIDER』は、渋谷某所のファッションビル内に存在する。ターゲット層は十代終盤から二十代の男性で、カジュアルでちょっと尖ったデザインが売りだ。

　もともと母体の会社は、『Das Lieb』というレディースファッションでも有名なブランドを持つ株式会社ミリオン。そのため、メンズブランドの『SLIDER』は一部マニッシュな洋服好きの女性にも人気がある。

　近年では、派手めなプリントや押し出しの強いデザインのおかげか、水商売やロック系のお客様にも、たいそう人気が出てきた。

「ども。高橋さん、新作はいったっていうから来たよ」

「谷村様、おひさしぶりです！　待ってましたよ」

「ちょ、谷村様やめてって言ったっしょー。勇気でいいって。恥ずかしいって」

　軽やかな声で店に入ってきたのは、谷村裕樹——源氏名『勇気』として、新宿のホストクラブ『バタフライ・キス』のホストだ。そして、慎一の大口得意客のひとりでもある。もともと異動まえには新宿店に勤めていたため、そのころから贔屓にしてもらっていた。

「あはは、じゃあ勇気さんにあらためて。……先日は、うちの服取りあげてくださって、ありがとうございました」

「ん？　ああ、それは一路に言ってよ。広告塔なのはあいつだから」

現在、『バタフライ・キス』は飲み屋などのホストクラブの系列店のみならず、ホストの一部をモデルに使ったメンズファッション雑誌『MEN'S SHOT』を発行する出版社、商売に欠かせない花屋、キャストや従業員のビジュアルメンテナンスに必要な歯医者に美容院など、すさまじい勢いで事業を拡大している。しかも今後は、どうやらファッション雑誌からの流れでオリジナルのファッションとアクセサリーのブランドも作ることが決定しているらしい。

そして、そのファッション雑誌では『SLIDER』の服が大きく取りあげられたのだ。

「でも勇気さんがご推薦くださったそうですから」

「俺は、ここの服いいよって、一路に言っただけだってば」

ひらひらと手を振った勇気は、照れたように笑った。その表情や立ち居振る舞いは、慎一がイメージしていたいわゆるホスト、という雰囲気とかなり違う。

童顔で比較的小柄なのだが、年齢も二十九歳とそれなりの勇気はかなりの常識人であり、大人だ。インディーズからなかなかメジャーにいけないバンドの資金を稼ぐため、ホストのみならずあらゆる仕事についた経験を持ち、結果、凝り性で器用な彼は調理師免許に大型自動車運転免許、着物の着つけにフラワーアレンジメントなど、マルチに資格を持っていた。

「ところで、きょうは何人か連れてきちゃったんだけど」

「あ、どうぞどうぞ……って、おわ、ＩＣＨＩＲＯ！」

「あは、こんにちは」

慎一が思わず声を裏返したのは、それこそ『MEN'S SHOT』の看板モデル、ＩＣＨＩＲＯこと檜山一路（ひやまいつみち）が現れたからだ。一九〇センチ近い長身には、はとこの高橋義崇で慣れてはいるものの、さすがに一般大学生と、ひとに見られることに慣れた雑誌モデルのオーラは違う。一瞬呑まれかけたものの、慎一もプロとしてすぐ立ち直った。

「先日は大変お世話になりました。広報の人間も喜んでおりましたので」

「んん？　きにしないでー。おれは勇気がいーよっていったから、そのまんま、いっただけ」

「ですが……」

「それより、おれの着られる服ってありますか？　でっかいから、あんま、どこいってもサイズないいんだよね」

にこ、と首をかしげて微笑む一路は、非の打ち所のない美貌（びぼう）といってもいいだろう。色素の薄い、長い睫毛（まつげ）に、左右対称のバランスのいい顔立ち。けれど、ホストやモデルにありがちなプライドの高そうな雰囲気だとか、高慢さはすこしもない。むしろふわふわと笑う表情は、純真な子犬を思わせた。

（う、やばい。俺こういうタイプ、弱い）

かつては自分があまえるほうが好きだった慎一だが、年下の恋人にあまえ倒されているうちに、めっきり世話焼きタイプへと変貌した自覚がある。おまけにそこにいるだけで目の保養になるような超弩級（ちょうどきゅう）の美形をまえに、張り切らないわけがない。

「ご安心ください。当店では、お客様のニーズにお応えするべく、常に幅広いサイズをご用意させていただいております」

にっこり微笑む慎一に、常連の勇気も「高橋さんに任せときゃ平気だって。このひと魔法使いだから」と後押ししてくれる。

「あはは、魔法使い？　いいねそれ」

にっこり微笑む一路の笑顔は、それこそ魔法のようにきらきらのぴっかぴかだった。はっと慎一が気づいたときには、免疫のついているらしい勇気以外、店の客も店員も、ぽわーっとのぼせあがっている。

（いや、すごい、天然美形すごい）

慎一にしても、ふだんからあのスーパー大学生を相手にしていなければ、きっと同じような反応をしたに違いない。感心していると、のんびりとした声がかけられた。

「これいいな。サイズ、ありますか？」

壁際のディスプレイに目をやって話しかけてくる一路相手に、我に返った慎一は「お待ちくださいませ」と駆け足でバックヤードへと向かった。

＊　＊　＊

同時刻、高橋義崇は新宿の区役所で友人につきあわされていた。

「高橋ぃ、これでいいのかな」

問いかけてきた友人は、義崇と同じ大学の人間だ。優秀な成績で奨学制度を利用している。義崇も彼も同じ一年だが、彼は事情があってすで二十歳をすぎていたため、年金の義務が発生していた。しかし金銭的な余裕が就職までの支払い猶予期間を申請しに来たのだ。

正直、年金制度に懐疑的な義崇にしてみると「そんなのほうっておいてもいいのに」と考えてしまうのだが、公的な給付金や生活保障に幼いころから世話になっていた彼としては、義務はちゃんと果たすべき、と考えているらしい。

「書類は問題ないと思うけど。役所のひとに訊いてみたら？」

「で、でも……」

しっかりしていて、頭もいいし、人間としては好ましい友人だが、おそろしく人見知りのところがあって引っこみ思案だ。知らないひと――役所の人間でも、話しかけると胃が痛くなるそうで、結局、義崇が代理として役所の人間を掴まえることにした。

「あ、すみません。あの」

義崇は適当に、館内のドアから出てきたすらっと涼しげなスーツの男に声をかける。振り向いた彼の胸には『システム課／久世誓司(くぜせいじ)』という名前が書かれていた。窓口の人間ではなかったらしいが、「はい。どうなさいましたか？」と久世はにこやかに対応してくれた。

「学生納付特例制度なんですけど、書類これでいいと思うんですが、受付窓口はどこなのか、わからなくて」

問いかける義崇に穏やかにうなずいて、久世はさらっと書類を確認した。

「本庁舎四階の年金係ですね。詳細はそちらで説明があると思いますが……ご案内いたしましょうか？」

「あ、いえ。だいじょうぶですけど」

友人は恐縮したように肩をすくめ「書類、これでいいですかね」と自信なさそうに問いかけた。久世はひとがいいのか「ちょっと拝見します」と書類のチェックまで手伝ってくれる。

「学生証はお持ちですか？　……そうですか。では、ここに未記入の部分がありますので、あちらのテーブルで記入なさって……」

友人にてきぱきと指示をする彼を見おろしながら、感じのいいひとだな、と義崇は思った。自分の恋人よりも、ふたつみっつ、自分より十ほど年上だろう。しっかりした雰囲気で、いかにも『大人』な感じがする。

（あと二、三年経ったら、慎ちゃんもこれくらい、落ちつくのかなあ）

アパレルの仕事をしているせいか、慎一は年齢よりもかなり若く見える。義崇が大人びていることもあり、七歳の歳の差があっても、隣で歩いていて違和感を覚えられたことはめったにない。

そして、それだけにいらぬ気苦労——慎一曰く無駄な嫉妬——を覚えるのだ。

かつてはふらふらと遊びまわっていた慎一だが、いまは義崇ひと筋だと頭では理解している。しかし、小学校のころから燃やし続け、数年のブランクを経てもなお衰えない恋の炎と嫉妬の業火は、いまだに義崇を不安にさせるのだ。

慎一は愛想がよくて明るく、性格にもかかわいげがあるのでひとに好かれる。同性異性、年上年下問わず、とにかく知りあった全員に愛され、かわいがられるタイプだ。

ゲイだとカミングアウトしていないため、希には本気で女性客に告白されることもあるらしいし、歴代彼氏に関しても、切れ目なく誰かがいたのは知っている。

再会してからこっち、手を変え品を変え、策をめぐらせては目を光らせているため、いっさい浮気はできないし、していないとわかっているが、とにかく危なっかしくて安心できない。

（このひとくらい、しっかりしてるタイプだったら、よけいな気を遣わなくてすむんだけどなあ）

義崇はないものねだりと知りつつ、この日初対面の公務員をじっと眺めた。

久世は身持ちの堅そうな印象があるけれど、よく見ると顔立ちは整っている。穏やかで落ちついていて、おどおどする義崇の友人相手に説明する口調は、やさしげだが理知的だ。

「……なにか、ご質問が？」

不躾に見つめすぎたのだろう。不思議そうに問われて、義崇はかぶりを振った。

「あ、いいえ。ありません。ただ、課が違うのにご迷惑かけて申し訳ないと」

「わたしも職員ですから。ご利用いただいているかたに、説明申しあげるのは当然ですよ」

お気になさらず、と微笑む姿はやっぱり大人で、やさしいのに隙がない。

たしかに、こんな相手が恋人ならば、安心はするだろうけれど——その代わり、いまみたいに夢中になったかどうかわからない。

ごく身勝手な空想をする義崇に、友人の声がかかった。

「高橋、書けた。ごめん、もうちょいつきあってもらえるか？」

「ああ、いいよ」

「四階には、あちらからどうぞ」

最後まで親切な久世に行き先を教えられ、義崇は軽く会釈をしてその場を去った。

＊　＊　＊

「きょうさあ、店にＩＣＨＩＲＯが来たよ」

帰宅して、いっしょに夕飯を作っている最中、慎一は唐突に思いだしたと言った。

「知りあいにもプレゼントするっつって、小物も服もがっつり買ってってくれてさ。おかげで今月の売りあげばっちりだった」

ちなみにメニューはシーフードカレー。義崇はせっせと海老の殻を剥きながら問うた。

「イチロって誰？」

「知らないのか？　メンズショットって雑誌のモデル。いま人気でさ。俺の店の服も、何度か取りあげてもらった」

「ふーん。そんなのあるんだ」

義崇はとくに着るものにこだわらないため、わざわざファッション誌など購入したことがない。高校時代までは、つきあいのあった女――大抵年上だった――に見繕ってもらっていたし、最近は慎一がコーディネイトしてくれるので、それに任せっきりになっている。

「やっぱ人種が違うよなあって思ったよ。背もすっげえ高いし、なんつうかぴっかぴか」

この面食い、と内心面白くない義崇が「へえ」と冷たく相づちを打つ。

「ああいう男の彼女って、どんなんかな。やっぱモデル仲間とかなのかね」

「……気になるの」

「え？　そりゃふつうに、芸能人とかモデルって、どんな生活してんだろ、って思うし」

慎一はいつになったら、無駄に悋気が強い恋人のことを理解するのか。ミーハーなことを言う彼に長々とため息をつくと、ようやく彼も気づいたらしかった。

「あ、ちょ、違うぞ。変なふうにのぼせたりしてねえからな！」

「どうだか」

「ほんとだし！　俺の好みは、ああいうきらきらしいのより、もっと、しっかりした」

まくしたてていた慎一は、そこでふつっと口をつぐんだ。義崇はあえて「もっとしっかりした？」とにやにやしながら訊き返す。

「なんでもねえし」

「慎ちゃーん。最後まで言ってよ」

「知らねえし！」

むきになってぷいっと顔を逸らす慎一の耳は、赤い。

（まあいいや。あとで訊きだそう）

ベッドに連れこんでしばらくいじめてやれば、なにを考えたかくらい、あっさり口を割るだろう。慎一の、快楽に弱いおばかさんなところも、結局は好きでたまらないのだ。

「そっちは、どうだったんだよ」

「ん、俺？　どうってことない。役所行って、ともだちの書類提出手伝ったくらい」

昼間には、久世のような大人なタイプなら心配はいらないと考えもしたけれど、結局義崇は、語るに落ちている慎一の、こういううかつなところがかわいいのだ。

不意打ちでキスをすると、さらに赤くなって完全に黙りこんだ。

「慎ちゃん、だいすき」

最愛の恋人の耳と同じほど赤いパプリカは、いつの間にかみじん切りになっていた。

# くちびるに蝶の骨
## 〜バタフライ・ルージュ〜

illustration
冬乃郁也

( ダリア文庫 )

## 淫らな恋に捉えられ――。

ＳＥの柳島千晶は、ホストクラブ『バタフライ・キス』で王将と呼ばれるオーナーの柴主将嗣と恋人関係にある。しかし千晶は、大学時代片想いをしていた王将に、強引に関係を結ばされたため、愛情があると思えないでいた。大学を卒業してもその関係は続いたが、ホストである王将を信じきれず、何度も逃げようとする千晶。その度捕らえられ、王将に淫らな『お仕置き』をされるが――?

# 骨を抜かれる

柳島千晶(やなぎしまちあき)は、毎度見慣れた扉のまえで、大きくため息をついていた。

目のまえにあるのは、ホストクラブ『バタフライ・キス』新宿(しんじゅく)本店の、従業員出入り口。そして呼びだしをかけた本人は、この城の王様である柴主将嗣(しばぬしまさつぐ)——源氏名、王将(キング)。

そして現在フリーのWEBデザイナー兼SEである千晶の、もっとも大口の契約相手だ。しかしながら、ここを訪れた千晶はふだん、取引先に向かうときのようにスーツ姿ではない。なぜかといえば、無茶な納期で突っこまれた仕事を、これも無茶な進行で仕上げたのがこの日の午後。数日まえから突貫工事で作業して、ほとんど寝ていない状態で完成したデータをメールしたところ『プリントアウトして持ってこい』とのお達しがあったのだ。

(ほんっとに、こっちの都合考えないよな)

そもそも同居している状態なのだ。帰ってからでも充分見る時間はあるだろうし、添付ファイルを自分のパソコンで見ればいいだけの話なのに、直接説明しろと将嗣は言い張る。

じつのところ、あの男はデジタルアレルギーの節が強いのだ。それと、極端なまでに自分が興味のないことについて、面倒くさがる。

メールくらい見ろってのに。げんなりしながら、入り口付近のインターフォンを押した。

『どちらさまっすかあ』

「柳島です。オーナーに呼ばれて……」

『あ、どーぞぉ』

応答したのは若く不慣れな声で、おそらく入ったばかりの従業員（キャスト）だろう。言葉遣いもかなりグダグダだ。なるほどこれは、寮に入れて礼儀作法を教えなければならないわけだ、と千晶は内心苦笑した。

ロックが解除されたドアから、慣れた通路をオーナールームへと進む。途中すれ違ったキャストたちの一部には顔も知られていて「おはようございます」と——ちなみに現在、店は一部営業中、つまり時刻は夜だ——挨拶（あいさつ）をされながら、千晶も会釈を返した。

「お？　千晶さん、こんばんは」

「ああ、こんばんは」

まともな挨拶をしてきたのは、このホストクラブでルークと呼ばれるナンバー2の勇気（ゆうき）だ。千晶は自分があまり愛想のないタイプだと知っているし、おかげであまりひとに好かれにくいのだが、勇気は顔をあわせるといつも朗（ほが）らかに相手をしてくれるので、かまえずに話すことができるめずらしい相手だった。

「休憩中？」

メインキャストである彼が、営業時間中に裏口にいるなどめずらしい。千晶が首をかしげると、彼は手にした千円札をひらひらと振ってみせた。

「お客さんが、煙草(ポーン)買ってきてほしいって」

「そんなのヘルプの仕事じゃないのか?」

「飲み勝負で負けて、罰ゲームなんですよ」

「……ホストも大変だな」

下っ端の仕事もにっこり笑ってこなす、勇気の気配り具合には感心する。つられて笑っていると、背後から低い声が名を呼んだ。

「千晶。油売ってねえで、さっさと来い」

はっと振り向くと、将嗣がオーナールームの扉のまえで、腕を組んでいる。あわてて将嗣のもとへと足早に向かいつつ、勇気に「それじゃあ」と告げると、彼は笑って「お疲れさんです」と手を振った。

「おせえよ、来いっつったらさっさと来い」

オーナールームのドアを閉めるなり、横柄な口調で言われて千晶は眉根を寄せた。

「遅いもなにも、言われてすぐ、家出たよ」

クライアントに取る態度ではないと知ってはいるけれど、いまさら将嗣を相手に敬語を使うのも妙で、千晶はつっけんどんに手にした書類を突きだした。

「……これ、企画書と、WEB部門に誘おうと思ってる面子（メンツ）の報告書」

今回頼まれたのは、今後『バタフライ・キス』グループ内に作ろうとしているWEB専門の管理会社の事業スキームで、WEBデザインのテンプレートや出納管理のソフトなどを提案しろ、というものだった。

いま現在、ビジネスインフォメーションにもっとも有効なのは、やはりWEB展開だというわけで、かつては通販会社の社員をやりながら片手間にサイト作成を請け負っていた千晶におはちがまわってきた。

というか、単純に千晶ひとりでは手に負えない仕事量になったため、どうでも専任の部門を作らざるを得なくなったのだ。

その会社のチーフを任される件について、千晶は当初かなり渋った。将嗣とは十二年にわたる根本的な気持ちの掛け違いを経て、本当につい最近、自分が愛人ではなく恋人らしいと認識したばかりだ。

ひところのように、「愛人に仕事を恵んでくれるわけか」などとひねくれたことは、さすがに考えなくなった。というより、将嗣本人にきっぱりと、宣言されてしまっている。

――いくら『愛人』だからって、仕事のできないやつに任せるほど、ばかじゃねえよ。

下半身のだらしなさを軽蔑しつつも、あの男のカリスマ性だけは否定できなかった。だからこそ、ただのセックスの相手としてではなく、自分を認めてほしいと願い続けた千晶には、てきめんに効いた台詞だった。

それは素直に嬉しく、たくさんのことを自分の斜めに歪んだ視線で見落としていたのだと、いまはわかる。だが——正直にいって、千晶はこのところ、将嗣を相手にどう振る舞えばいいのだかわからなくなっていた。

というより、ふたりきりになったとき、恋人の顔をすればいいのか、仕事の顔をすればいいのか、それすらわからず頭が真っ白になるという有り様で、だからこそ、店に呼び出されるのが億劫だった。

ふたりの関係を知る檜山春重には「いまさら純愛ぶって、キモい」とからかわれたりもするのだが、どうにもバイオリズムがコントロールできないのだ。

（いや、仕事だ。仕事の報告だ）

ちいさく咳払いして、千晶は自分用にまとめてきた資料に目を落とした。

「ええと、メールに添付したＰＤＦと同じ内容だけど、まずはソフト関係であたりつけてるのが——」

言葉が途切れたのは、背後から腰を抱かれたからだ。ぴくりと眉を動かし、睨みつけようとしたところで、オーナーデスクへと追いつめられる。極力無視したまま、千晶はひたすら報告書に集中しようとした。

「——競合二社のソフトで、ランニングのコストパフォーマンスを比較しっ……」

だが、首筋に唇を這わされては、それもうまくできない。

「ちょっと……」

「ん？」

将嗣が、こめかみにキスを落としてくる。ぞくりとして身をよじるなり、正面から抱き直され、シャツをめくりあげられ、肌を撫でまわされた。

「俺、報告書持ってこいって言われたから、来たんだけど」

やめろと睨みつけながら言ったのに、「ああ」と生返事をするばかりだ。

「ていうかメールしたのに、なんで見ない……っ、どこ触ってんだ！」

ばしばしと書類の入ったファイルで将嗣を叩くけれど、その合間にもあちこち触られ、キスを落とされ、すこしも効いた様子がない。

「あの、まじめに、話」

たしなめる声を「ああ」とまた適当に流した男は、ついに胸のさきまでつまみ、本格的にいじりはじめた。さすがにぎょっとした千晶は、冗談がすぎると目をつりあげる。

「……っ、将嗣、いいかげんにっ……」

怒鳴りつけようと顔をあげ、うっかり間近にある将嗣の顔と目があってしまった。そこには、かつてのような嘲笑まじりのからかいや、ただ卑猥なだけの嗤いはない。

真っ黒な目に、吸いこまれそうで怖くなる。目を逸らそうにもできず、ぼうっと見惚れてしまった千晶は、気づけばやわらかくあまいキスを受けいれていた。

「し、仕事じゃないなら、帰る……」

「こんなでか？」

　長い口づけの合間、すっかり兆したものを長い脚でこすりあげられた。びくっと震えた千晶は、自分がいつの間にか彼の首筋に腕をまわしていたことに気づく。

「か、帰ってからでいいだろ、こんな……」

「そしたらおまえ、寝るだろ。あしたの昼までは確実に起きてこねえだろうし」

「それが目的かよ！　報告は！」

「あとで書類読んでおきゃいいんだろ」

　だったらメールで事足りたじゃないか、という言葉は、また強引なキスに呑みこまれた。寝不足で疲れて、ぼうっとしていた頭がさらにかすんでいくような濃厚な口づけは、千晶の理性をぼろぼろに溶かしていく。

「おまえがこの三日、ひとりで寝かせるから悪い。家にいる間中、パソコンいじってやがって。仕事終わったってんなら、やったっていいんだろ」

　いかにも不満そうに言われ、かっと顔が熱くなった。もともと生活時間がずれている将嗣とは、ベッドをともにするどころかろくに顔もあわせないままでいたけれど、それもこれも、突然の突っこみ仕事を持ちこんだ男のせいなのだ。責められる筋合いはないと思う。

「将嗣が急いで仕事しろって、言っ……あっ」

口答えは許さないというように、股間をボトムスのうえからぎゅっと掴まれ揉みたてられる。じんと快楽が背筋を這いのぼり、千晶は目のまえの男にすがるように掴まった。

「そんなに、したいのかよ。たった三日だろ」

以前、まだいろいろとすれ違っていたときは、数カ月顔を見ないことすらあった。なのに、遅まきながらお互いに告白らしきことをしたあとから、将嗣は千晶を求めるだけ求めてくる。

「おまえはどうなんだ？　ちょっといじっただけで、こんな、ぱんぱんにしてんじゃねえかよ」

「つ、疲れてるし……っ。帰って、寝たい」

「気持ちよく寝られるようにしてやる」

そういうことじゃなく、と口ごもるのに、すでにボトムスのなかに入りこんだ悪い手が、千晶の思考をどろどろに溶かしていく。

（うわ、うわ、やばい……）

絶妙な指遣いに、腰が揺れてしかたない。

かつて本人にも言ったことはあるけれど、将嗣のセックスはよすぎる。それに惑わされ、まともにつきあう覚悟もないまま関係に引きずりこまれて、ずるずるになった事実はいまだに千晶の胸に苦い。

けれど、最近の彼を拒めないのは――。

「……いやか?」

そっと声をやわらげて、目を覗きこんでくる。まるで千晶の機嫌を窺うかのような態度に、胸が苦しくなった。

(あくそ、もう、これだからっ)

十二年、いつでもうえから押しつけるように支配してきた男が、選択権を千晶にそっと渡してくる瞬間、胸がぎゅわっと引きしぼられるのだ。そして、こうして意向を聞いてさえもらえれば、あっけなく落ちる自分がいる。

「で、デスクでするのは、やだ……」

いつぞやか、なぶるように抱かれた記憶の濃いその場所でだけはいやだった。ぼそぼそと訴えると、将嗣はにやりと笑う。

「ソファなら?」

含み笑って問われ、千晶は真っ赤になってうなずいた。

「で、でも、最後までは……」

「わかった」

ぐずる千晶に怒りもせず、くつくつと喉を鳴らして将嗣が耳朶をいじってくる。

——できればもうちょっと、恋人みたいに、やさしくしてくれたら、嬉しいけど。

きっと叶えられないだろうと思い、皮肉な冗談として放った言葉を、おそらく将嗣なりに実行しようとしているのがわかるから、あまいせつなさに負けて、逆らえなくなる。

(同じことなのに)

強引に、場所も時間もわきまえず奪われる、そのこと自体は変わっていない。なのに、触れる手が、唇が、以前よりずっとやさしい気がするから、長いこと情に飢えきっていた心と身体が将嗣に向かって伸べられる。

ソファに横たわらされ、服を脱がされた。脚を開かされると、もうすっかりその気になっている自分自身が目に入り、千晶は目をつぶって顔を逸らす。

「千晶?」

頬を撫でられ、渋々顔をあげるとすぐに唇がふさがれた。くちゅくちゅと音がたつのは、ねっとりとした口づけのせいなのか、細やかな指遣いでいじられる股間のせいか、だんだんわからなくなっていく。

「ふあ、あ、ああ」

きゅう、と乳首を吸われ、腰が浮いた。すかさず滑りこんできた指にはジェルが纏いつき、慣れた肉をやわらかに開いていく。ぎくりとして千晶は脚を閉じようとするけれど、すでに二本の指がずっぷりとはまっていた。

「ちょ、最後まで、しないって」

「んん? 最後って、なんだ?」

「な……⁉」

ぐちぐちと音をたてて奥を拡げる将嗣は、最低なとぼけかたをした。騙した、と千晶が怒鳴ろうとしたとたん、内部にある弱い部分を指の腹できゅうっと圧迫され、口から迸ったのはあまい悲鳴だ。

「んあああ……っ！」

「ちゃんとゴムつけてやるよ。なか出しは、しねえ。だからいいだろ？」

「そ、そゆ、問題じゃ、なっ、あ、あん！」

指でなかをいじめたおしながら、将嗣は身体を屈め、ぬるついている千晶の性器を口に含んだ。同時に乳首をきつくつねられ、ソファの革が汗に湿ってぎしりと鳴った。

吸いこまれ、搦めとられ、どうしようもなく腰がうねる。いくら歯を食いしばっても、息継ぎのたびにはしたない声は溢れ、気づけば腰からしたがどろどろに溶けきっていた。

（ああ、やばい、やばい、もう――）

舌技に酔い、指にとろけているうちに、考えていたことは口から漏れていたらしい。

「そんなに、とろとろか？　溶ける？」

「んっ……んっ」

「これ、やろうか？」

口をふさいでいた手をとられ、股間の凶悪なものを握らされる。笑いながら確認するかのように問われ、恥ずかしくてたまらないのに、千晶は涙目になってうなずいた。

　身体の骨がぜんぶ、溶け流れたようで頼りなくて、なにか固い芯が欲しくてたまらない。疼（うず）きはダイレクトに粘膜へと伝わり、まとめた指をしゃぶるように蠢いている。

「いれ、入れたい、入れて」

　欲しがらないともらえないのは知っている。もう意地もなにもなく脚を開くと、なだめるような声で目元を吸われた。

「すぐやるから、泣くな」

「んくっ……う、ふぁあ！」

　腰を抱えあげられ、焦らさずに与えられたものの充溢感（じゅういっかん）に、千晶は仰け反って声をあげた。

「よさそうな声だな……」

「あっ、い……いい、いい」

　うなじが粟立（あわだ）ち、背中から腰にかけて電流が走り抜ける。腿が痙攣するようにびくりびくりと跳ね、ソファの背にこすれてきゅっと音をたてた。

「いちばん好きなやりかたで、やってやる。どれがいい？」

「あっ、あっ、あっ、あっ」

　腰を浅く小刻みに突かれる。そのあと内部を攪拌（かくはん）するようにぐるりとまわされ、体温に溶けたジェルが泡立ち、溢れるくらいに激しく出し入れされる。

「千晶、どれだよ」

「いや、だ、やだ、も……ぜんぶっ」

どれもこれもよすぎて、わけがわからない。しゃくりあげながらしがみつく千晶は、硬くそそり立った自分のそれを将嗣の腹筋に貪欲にこすりつける。無自覚のまま腰を振る千晶に、将嗣は笑った。

「いじってほしけりゃ、言えよ」

「あう！」

ぎゅう、と握りしめられた性器。硬く凝（しこ）った乳首をこりこりと指の腹で揉み転がされながら、腰を打ちつけるようにして突きまくられる。

「ま、まさつぐ、将嗣……っ」

あえいで悶えながら、千晶は必死に唇を求めた。撫でつけている髪をくしゃくしゃに乱し、指に絡めて引きながら舌を噛んでも、なぜだか将嗣は機嫌がいいままで——そして容赦なく、千晶を追いこんでくる。

「だ、め、もう……あ、あ、あ」

「だめじゃねえだろ」

悲鳴じみた声を叩き落とされ、首ががくがくするほど揺さぶられた。もうだめ、もういく、と泣きを入れれば、今度は無理やり腕をとって身体を起こされる。

「な、なに……?」

「いいから、ちょっとここに手ぇつけ」

いきなり抜き取られ、身体の向きを変えて立ちあがらされた。なにがなんだか、と目をまるくしていた千晶は、デスクに手をついた状態で、背後から一気に挿入される。

「んっく、あふ!」

「あー……締まる」

いわゆる立ちバックの状態に、すがるものはどっしりしたデスクだけだ。深い突きに眩暈(めまい)を起こしながら、さんざんなぶられた記憶がよみがえり、千晶は声をうわずらせる。

「ここでは、もう、しないって、いっ……言ったのに……っ!」

別れ話を切りだしたお仕置きに、目隠しをされ股間を縛られ、涸れるほど搾りとられた記憶はなまなましい。なによりあのとき、おそらくは店の誰かに千晶の痴態を見せつけるような真似をしていたはずだ。最高に感じて、けれど最悪に惨めだったセックスのことなど思いだしたくもない。

すがりついたデスクが、激しい動きにガタガタと音をたてた。こんなの、誰かに聞かれたらまた、なにをしているのかばれてしまう。

(いやだ、もう、辱(はずかし)められるのは)

一瞬フラッシュバックを起こし、恐慌状態になりかけた千晶は、涙声で身体を震わせる。

「やだ……これ、いや……」

背中がふわりとあたたかくなった。『あのとき』にはけっして与えられなかったぬくもりに、千晶ははっと身を強ばらせる。

「将嗣……っ、あ、あう！」

深くひと突きされたと同時に、顎をとって振り向かされ、口腔を犯すようなキスをされた。苦しい、と呻いてもがいても、身体に巻きついた腕は離れず、楔（くさび）のように食いこむ脈動は千晶を抉る。

「……鍵はかけてる。誰もいねえし、縛ってねえし、目隠しもしねえ」

「まさ……」

「上書きしろ、千晶。いじめてねえよ」

ささやくように耳を噛まれ、ざわっと全身が総毛立った。その声は反則だ。そんなふうにやさしく胸を撫でるのも――。

「ん、んん……っ、んっ！　ん！」

きつく目をつぶり、唇を噛んだ千晶は唐突に絶頂を迎えた。奥深くを支配していた彼のものをきつく締めつけ、デスクのうえに突っ伏したまま何度も身体を痙攣させた。

「……っ、この」

背後でもちいさな呻きが聞こえ、将嗣があとを追うように達したのが体内の動きでわかった。

そして、肌に食いこむ指の強さや、背中に伝わる荒い息に、千晶は体感とは違う種類の絶頂感を味わう。

やわらいだ粘膜の内側でびくびくと跳ね、形を変えるそれを感じるたび、奇妙な満足感を覚えるようになったのはいつだろう。

（もう、忘れたけど）

将嗣が、この身体で射精する瞬間の恍惚は、自分がたまらなく優れたなにかになったような錯覚を起こさせる。きつく抱きしめ、逃がさないというように、最後まで腰を送りこんでくるさまも、たぶん、いとおしいといってもいい。

「……千晶」

余韻に震えながらぼうっとなっていると、つながりをほどいて身体を反転させた将嗣が、ソファに倒れこみながら千晶の腕を引いた。どさりといっしょにもつれこみ、深く唇を結びあっているうちに、また欲しくなってくる。

「将嗣……」

もう、場所もなにもかもどうでもいい。そう思って濡れた声を発した瞬間、ドアがノックされる音がした。

「終わったようなので、入っていいですか？」

ぎょっとして飛びあがった千晶の腰を抱いたまま、将嗣は「秀穂かよ」と舌打ちする。

「ひ、秀穂って、な……なんだよ、予定あったのかよ⁉」

「あー、そういや、なんか用事があるとか」

「なんかじゃないよ、覚えておけよ！」

われめき散らしつつも声をひそめ、千晶は大急ぎで下着とボトムスを身につけた。ろくな始末もできていないが、とにかくこの場を去るのが先決と身仕舞いをしていると、将嗣はつまらなそうにソファに転がっている。行為中、彼はボトムスまでは脱がなかったので肝心のところは隠れているが、汗に湿った上半身をさらしたままでは、いままでなにをしていたのかがまるわかりだ。

「おまえも服、着ろっ」

「どうせこのあと出るから、そんとき着替えりゃいい。それに」

わざわざ思わせぶりに言葉を切り、将嗣は煙草に火をつけた。焦りながらシャツのボタンを留めている千晶は「それにってなんだよ」といやな予感を覚えつつ問い返す。

「いま刺激すっと、確実にまた、完勃ちだ」

言われて思わず股間を見ると、半端にファスナーを閉めただけのボトムスはたしかに膨らんでいる。さっきのいまでそれか、とぎょっとしつつ赤くなった千晶を、寝転がって煙草を吸う男は睨みつけてくる。

「半端なとこで終わったから、まだ動けんだろ。帰って寝とけ。続きはあとだ」

「は、半端って……いまのがか」

当然、とうなずかれ、千晶はもう物も言えずにきびすを返した。乱れた服のまま、襟を押さえて千晶が飛びだしていくと、この店でいちばんの有望株は朗らかに言った。

「お疲れさまです」

「……お疲れさま」

とても顔を見られはせず、うつむいたまま千晶は小走りに駆け抜ける。背後で秀穂が「あーあ……」と同情まじりのため息をついた気がしたが、振り返って確認する気はない。

(もうぜったい、あそこではやらない!)

毎度この手に引っかかっている自分を情けなく思いながら、千晶は何度目かわからない誓いを胸に、唇を噛むしかない。

けれど、きっとこの次も――ほんのすこし態度をやわらげられただけで、やさしい声を出されただけで、千晶はあっけなく将嗣の手に落ちるのだ。

鎖骨(さこつ)のしたにつけられた、角度の違ういくつかのキスマークは、蝶の羽のような形に見えた。

そして胸の奥、将嗣の与えた蝶の羽ばたくようなざわめきはまだ、おさまりそうにない。

# 愛語を言えり、われに抱かれて

柳島千晶は休日のその日、新宿東口にある大形家電量販店にいた。

とはいえ、これといった用事があるわけではない。

パソコン関係の仕事をしている理系の人間にとって、こうした家電量販店は『そこにあれば、立ち寄るもの』なのだ。そしてほとんど趣味といってもいい。むろん、SE兼WEBデザイナーでもある千晶としては、新機種のリサーチは欠かせないのも事実だ。

（タブレット買おうかどうしようか。うーん、いまのところオモチャにしかならないんだよな。あ、夏モデルのスマートフォンも出てる）

最近話題の携帯端末機をしげしげと眺め、千晶はちいさく唸った。現在手がけている王将（キング）こと柴主将嗣の会社のサイトを、これらに対応させる可能性もある。

千晶がメインで手がけているのは、将嗣の経営するホストクラブ『バタフライ・キス』のサイトで、むろん各種携帯キャリアのポータルサイトとして認められることは不可能だが、携帯ユーザーのニーズは多く、非公式であれ情報サイトは必要だ。

ことに『バタフライ・キス』グループは、最近では業務を拡大し、カフェや飲み屋などにも手を広げているため、ますます検索エンジン対策なども必須となる。

むろん、専任スタッフも雇いいれてはいる。近日、正式にグループのＷＥＢ専門の管理会社も作られる予定だ。けれど、いずれにせよ青図を描くのはＳＥであり、その責任者となる千晶であるのには変わりがない。

（キャリア増えると、仕事増えるんだよな）

デジタル周辺の仕事は、仕入れた知識をほぼ一年ごとに捨てて、また新しく覚えなければならない――というのは常識だが、年々、その流れは速くなっている気がする。

（やっぱり、あと三人はひとを増やさないと無理かも）

つい先日、新設するＷＥＢ管理会社について将嗣に提出した事業スキームのなかで、雇うスタッフの人数も申請しておいたのだが、いまになって人手が足らない気がしてきた。

悩ましい、とため息をついた千晶が手にしていた携帯端末機のサンプルを元に戻し、振り返ったところで、ひとにぶつかった。

「うぷ」

ずいぶんと背の高い相手だったため、広い背中に思いきり鼻をぶつける。「あっ、すみません」とあわてたような声が頭上から聞こえ、千晶は目をしばたたかせながら鼻を押さえた。

「いえこちらこそ……あれ？」

「あ、千晶くんだ」

そこにいたのは、檜山一路だった。すらりと背の高い彼は、『バタフライ・キス』グループのあらゆる店で宣伝広告塔だ。

現在はメンズファッション雑誌のモデル兼、これもグループの新店であるイケメンバー『Farfalla』——これはイタリア語で蝶を意味する——で看板息子をしている。そしてその看板にふさわしく、華やかな美貌の持ち主は、端整な顔に無邪気なほどの明るい笑みを浮かべてみせた。

「ひさしぶり。もう具合はいいの？」

「ああ、うん。あのときは世話になったな」

邪気のない顔で問いかけられ、千晶は苦笑とともに答えた。

千晶が十二年来の恋人——やっと最近、この言葉に違和感がなくなってきた——に監禁されたあげく、肺炎を起こしたのちに入院した千晶を、せっせと看病してくれたのは、このひとまわり近く年下の青年だった。

「めずらしいところで会うな。携帯でも買いに？」

「んーん。くぜくんとデート」

けろりと言われ、千晶は一瞬首をかしげたあとに「あ、ああ」とうなずいた。

お飾りとはいえ、人気ホストだった一路が最近、久世誓司という区役所のシステム課にいる職員、を気に入っている、という話は、彼の兄である春重から聞かされている。

——ラブなんだー、とか言うんだけど、どこまで本気なんだかなあ。

将嗣と千晶の関係を学生時代から知る彼は、同性と恋をすることについて、おそろしいくらいに柔軟だ。

しかし、実の弟がという話になれば、いささか複雑なものもあるのだろう。ぼやくようにつぶやいた言葉は、ふだん飄々としている彼らしくなく歯切れが悪かった。

「で、その、久世さん……は？」

「あっちにいるよ」

すらりとした指で示されたさき、きまじめそうな青年がいた。眺めているのはさきほど千晶が見ていたのと似たような携帯端末機だ。

さらりとした黒髪に、清潔そうな顔立ち。一路と較べてしまうのは間違っているとは思うのだが——なんというか、非常にふつうな感じがした。

（……いや、俺もひとのことは言えないが）

将嗣と自分が並び立ったとき、間違いなくひとは千晶を眺めて「地味」と評するだろう。というよりも、『バタフライ・キス』周辺の連中が、そもそもは規格外の美形ばかりなだけだ。

「おーい、くぜくん」

「ん？　なんだ」

真剣な顔でスマートフォンを眺めていた久世は、一路の声に振り返った。すっきりした目鼻立ちの彼は、千晶を見てほんの一瞬目を見開く。

「あれ……？」

「え？」

しばし、じいっと千晶の顔を眺めた久世は「いや、気のせいか」とごまかすようにつぶやき、愛想笑いをしながら近寄ってきた。

「どうも、こんにちは。……おまえの知りあいにしちゃ、ずいぶんまともそうなひとだな」

その遠慮のない発言に、千晶は吹きだしそうになったのをこらえる。

一路の『知りあい』がどういった人間なのかは、いやというほど知っているからだ。そして一路は「うん、千晶くんはふつうのひとだよ」と、にこにこしている。

「あ、ちゃんと紹介するね。柳島千晶くん。うちの店で、サイトとか作ってくれてんの」

「はじめまして」と千晶は軽く会釈した。

「久世誓司です、はじめまして……ＳＥさんですか？」

「兼ＷＥＢデザイナーですね」

フリーになってからの習性で、思わず名刺を差しだしてしまう。久世も慣れたもので、「ちょうだいします」ときれいな所作でそれを受けとった。

「すみません、オフなのでわたしは名刺を持っておりませんで」

「いえ、お気になさらず」

「システム課にいらっしゃるとか？　もしなにかありましたらお申し付けください」

ははは、と社会人らしく社交辞令を交わしていると、一路が「ん?」と首をかしげた。

「だめだよ千晶くん、勝手に仕事請けたら、キングが怒るよ?」

思いも寄らなかった言葉に、千晶は「え?」と目をしばたたかせた。

「なんでだよ、怒りやしないだろ。新会社設立までは、俺はフリーだぞ、一応」

「えええ、怒るよ。おれたち、千晶くんに勝手にもの頼んじゃいけないんだから。ていうか、千晶って呼んでも怒られるんだから」

「はあ?」

なんだそれ、と千晶が目をまるくすると、久世はまた怪訝そうに「んん?」と首をかしげている。

「どうしました?」

「いえ、あの……キング、ってオーナーの、あのひとのことですよね」

苦い顔をする久世に、千晶が「そうだけど」とうなずく。面識はあるはずなのに、いまさらなぜだろうか。奇妙な反応をする久世をじっと見ていると、デジカメの映像を映すテレビのそばにいた一路が「あ、これすげえ」と急に声を発した。

「ね、ほら。3Dテレビ用のメガネ」

「あ、こら一路(イチロ)」

いきなり、ゴーグルのようなそれを装着させられ、千晶は驚いた。暗褐色のサングラスのようなそれで目元をふさがれた千晶に、久世ははっと息を呑んだ。

「いたずらするな！　返してきなさい」

あわててそれをはずし、一路を「めっ」と叱りつける。ふと見ると、久世はなぜか、みるみるうちに真っ赤になり、ついでさーっと青ざめた。

その急激な変化に、千晶は驚いた。

「あの、久世さん、どうかしましたか？」

「えっえっ、いえ！　な、なんでもありません、なんでもっ」

あからさまになにかある、という態度で久世は両の手を振っている。なめらかな額に汗が浮きだし、千晶はますます怪訝になった。

「あのでも、なんだか顔色が……」

「なんでもありません！　あの、お引きとめして申し訳ありませんでした！　し、失礼します！

いくぞ、一路！」

「え、なに？　なに？」

久世はきょとんとしている一路の手を掴むと、ものすごい早足で去っていく。

千晶は、なにがなんだかという顔で、ゴーグルを手にしたまま取り残された。

「なんだったんだ……？」

まともそうに見えたけれど、やはり一路の知りあいだということだろうか。

そんなふうに暢気に考えた千晶は、もはや電器店のなかを見てまわる気分ではなくなり、陳列台にゴーグルを戻して、その場をあとにした。

＊　＊　＊

「ただいま……って、あれ」

てっきり無人だと思っていた部屋には、家主である男の怠惰な姿があった。

広い居間のソファのうえ、シャツにデニムという恰好でだらりと寝そべっていた将嗣は、同居人の帰宅に「おう」と片手をあげる。

「なんだ、いると思わなかったから、昼飯自分のぶんしか買ってこなかった」

「べつにいらねえ、さっき帰ってきたとこだ」

「また徹夜か？」

「セルゲイと飲んでた」

あきれたように言いながら、昼食に買ってきたデリの袋をテーブルに置いた千晶は、目を閉じたまま会話する将嗣の顔を覗きこむ。

ホストクラブオーナーであり、その系列会社すべての社長でもある将嗣の仕事の実体は、正直なところ千晶には把握できていない。

わかっているのは、本店であり拠点である『バタフライ・キス』で春重となにやら打ちあわせているだとか、なんの用事か知らないが、全国に出張に行くだとか、とにかく忙しそうだということだけだ。

ただしその仕事の最中にも平気で酒は飲むし、むろんつきあいの席でも飲む。現役ホスト時代には、ひと晩でボトル五本は空けたことがあると聞いているし、それでも酔った姿は見たことがない。

「酒も適当にしろよ」

小言を告げても無言の相手に、うるさかったかな、と目を伏せる。

(いや、べつに間違ったことは言ってない)

まだ、将嗣に対して虐げられていると感じていた時期の癖が抜けないのだろう。

反射的に後悔したけれど、パートナーとしてちゃんとやっていくと決めたからには、言う権利はあるはずだと千晶は息をついた。

「歳考えろよ。ぼちぼち肝臓にくるぞ」

「心配してんのか」

返事があると思っていなかったので、千晶は目をまるくしてしまった。「なんだその顔は」と皮肉っぽく笑い、将嗣が起きあがる。

「心配してんのか?」

同じ言葉を、イントネーションを変えて問いかけられる。千晶はうっすらと赤くなった。

「な、なんだよ。悪いか」

「べつに悪くねえよ」

ふだんは皮肉っぽく歪んでいることの多い目が、妙にやわらかな光をたたえて千晶をじっと見つめる。

「悪くねえ。おまえに心配されんのは」

「まだ、酔ってんのか」

憎まれ口を叩くと、将嗣が喉奥で笑った。くっくっと、楽しそうなそれにますます頬が火照り、千晶は視線を逸らした。どうにか話をごまかしたくて、適当なことを口にする。

「だ、だいたいな。セルゲイといっしょに飲むのはやばいだろ」

「なんでだ」

「たしか、ロシア系なんだろ？　あっちの人間は尋常じゃなく酒が強い。だいたい日本人ってのは欧米人に較べて酒に弱いんだから、つられて飲みすぎると――」

「ああ、なら平気だろ」

話の途中で、唐突に言った将嗣に「なにが平気なんだ」と眉をひそめる。

「この間、テレビでやってたんだぞ。遺伝子的に日本人は、アルコールの分解酵素がすくない傾向にあるって」

「だから平気なんだよ。俺はたぶん、純日本人じゃねえから」

「……は？」

生まれも育ちも日本じゃないか、と千晶が目をまるくしていると、将嗣はとんでもないことをあっさりと言ってのけた。

「俺を産んだ女の遊び相手で、いちばん長いつきあいだったのはラテン系の男だったらしい。イタリア系だかスペイン系だか、そこらへんはわかんねえけど」

「な……に？」

いままでまったく知らなかった事実を知らされ、千晶は呆然となった。

「初耳だぞ、なんだそれ」

「言ってねえから、そりゃ知らねえだろ」

浅黒い肌、飛び抜けて華やかな容姿に逞しい骨格。素性を知らない人間には、ラテン系の人種かと誤解されることすらある彼だ。

だが千晶は、本当にそういうルーツを持っている可能性など考えたこともなかった。

「間違いないのか」

「どうだかな。戸籍上はあの女の名前しか載ってねえし、ほかの男ともやりまくってた可能性はある。ただ俺を産んだあとも、その男としばらく暮らしてたらしいから、ガチだろ。二年もすると別れて、男もあの女もどっか行っちまったそうだが」

おかしそうに将嗣は言う。千晶は目をしばたたかせ、十何年も経ってはじめて知った、自分の男のルーツに、ただ驚いていた。

「春重先輩は、知ってるのか」

「どうだかな。一時期、実家の連中がなんだかいろいろ言ってたから、もしかしたら知ってるかもわからんが」

暢気にあくびをした将嗣は、そこではじめて千晶の驚いた顔に気づいたようだった。

「なんだ、その顔。そんなに驚くことか？」

「え……いや、うん」

一応、ふつうは驚くだろうと思いつつ、最初の衝撃がすぎるとたいしたことがなかったような、そんな気もした。そもそも、目のまえの男の意外性と規格外なところは、誰よりもわかっていたからだ。

「でも、なんだか納得した」

「なにを」

「おまえのアレの強さと、無駄なフェロモンの出どころ。ラテン系なら、納得だ」

平然としている将嗣にあわせて、千晶もそんな軽口で返した。さらりとした切り返しに、将嗣がほんのすこし眉をあげる。ちょっとは驚かせられたかと思うと、気分がよかった。

（そうだな、いまさらだ）

彼の過去はいまだに秘密だらけで、一生つきあってもすべてを把握できるかどうか、わからない。

むしろ、こんな断片とはいえ自分から打ち明けてくれたことのほうが、めずらしい。

自分を産んだ相手に対し母親、という言葉を使うことなく『あの女』としか呼ばない彼の皮肉な笑みが、本当は痛かった。

けれど将嗣が気にしないと決めているのなら——傷つくほどの価値もないと思っているのなら、千晶も代わりに傷ついてみせたりはしない。

一方的な同情は、孤独でも強靱に生きてきた男への侮辱だと知っているからだ。

「まあ、酒はほどほどにしとけよ。肝硬変なんかになったら、洒落になんないし」

そのひとことで話を終わらせ、千晶は買ってきたランチボックスとスープを袋から出した。塩だれが美味な中華丼とサムゲタン。最近気に入っているデリの人気メニューをテーブルに広げる。

ソファはでかい男が占領していたため、ローテーブルのまえ、床に直接座る。「いただきます」とちいさく手をあわせて食べはじめたところで、いきなり背中が重くなった。将嗣が両足を背中に乗せてきたからだ。

「なんだよ、行儀悪いことすんな」

わずらわしいと振り落とし、食事を続けていると、ふたたびのしっと重みがかかった。

「おい、ふざけん——」

眉根を寄せて振り返ると、今度は足ではなく、本体がべったりとのしかかっている。いきなり抱きしめられて面食らい、スプーンを持った状態で固まっていると、肩越しに首を伸ばした男がそれをばくりと食べた。

「ちょ、食べたいなら、半ぶん分けるから」

「これでいい」

もごもごと咀嚼（そしゃく）した将嗣の腕は、千晶を抱えて離さない。あげく「スープ」と横柄に言われて、反射的にカップを持ちあげてしまった。

（なんだ、これ）

もしかしてこれは、いわゆる、いちゃいちゃしている状態、というものに酷似（こくじ）しているのではなかろうか。それでもって、「あーん」みたいなやつなのだろうか。

「もうひとくち」

思考停止状態になったまま、中華丼をすくって男の口に運ぶ。危なっかしい体勢で、案の定、とろりとした塩だれは千晶の首筋に落ちた。

「うわっ」

熱い、というほどではなかったけれど、ぬるりとした感触に大きな声が出た。そして顔をしかめるより早く、将嗣がそれを舌ですくいとり、そのまま肌に吸いついて離れない。

「ま、将嗣。食べてるから」

「さっさと食え」

「邪魔してんのは誰だよ！」

本当はもう食欲など失せてしまっていた。ぬるぬると味わうように首筋を舐められ、赤くなったまま千晶は硬直する。

ゆるく身体にまわされていた手が腹から這いあがり、シャツのうえから胸をさすった。すぐに反応して硬くなった乳首を、両方の人さし指で上下に転がすようにいじられる。

「あ、あっ」

はふ、と息をついて、千晶は手の甲で唇を覆った。逃れるように身体を前屈させるけれど、執拗な将嗣の手は離れない。

硬く尖ったちいさな突起を転がし、つまみ、押しつぶしては揉み、布越しに素早く引っ掻いてくる。

かすかに震えながらこらえていると、ぴちゃりと耳元で音がした。首筋を舐めあげた唇が、耳殻をくわえ、耳たぶを噛んでくる。敏感なそこを攻撃されて、たまらずにちいさな声が漏れた。

「は……っ」

濡れた声に、将嗣は「ん？」と笑った。

そもそもが、この男に育てられた身体だ。弱い場所は知り尽くされ、性感のすべてを牛耳られている。

「濡れたか」

「ちが……」

「違うなら脱いでみろ」

無言で抵抗すると、ふっと背中の重みがなくなった。執拗にいじっていた手も離れ、思わず「え?」とあっけにとられた声を出す。

「千晶」

縮こまっていた身体を起こすと、目のまえに将嗣が立っていた。びくっと震えたのは、その股間があきらかに力を増していたからだ。

そしていつものことながら、将嗣が発情したら千晶には逆らえない。強烈に発せられるフェロモンに呑みこまれて、思考が霧散する。

「あ……」

ちいさくあえぐと、頬を撫でられた。性的なものはなにもにおわない、いっそなだめるようなやさしい手つきで、それなのに腰の奥がずんと重たくなった。

「口でしてくれ、千晶」

命令ではなく、穏やかな声でせがまれて、頭が痺れたようになった。なにも考えられず、彼のまえにひざまずき、ベルトをはずしてボトムスを開く。

下着をおろすと、すごい勢いでそれが跳ねた。びくっと震え、赤くなりながら上目遣いで見つめた男は、恥じらう様子もなく堂々としたまま千晶を見おろしている。

「し、しなくても、もう……」

「おまえにしゃぶってほしい」

今度はおねだりだ。いったいこのあまったるい男は誰だろうか。それともこれも、彼に以前つげた「恋人らしい」というやつの一環なのだろうか。

「いやか？」

確認されて、いやじゃない自分がどうしようもないと思った。けっきょくのところ、将嗣になにか求められてしまえば、逆らえない。

千晶は息を呑んで、将嗣の性器をそっと握った。強引にくわえさせられたことはいくらでもあるけれど、自分からこうして愛撫するのは、あまり慣れていない。

大きく口を開けて、先端を頬張った。味もにおいも、もう知っているのに、自分からすすんで奉仕している事実が千晶を酔わせる。

（苦しい……）

この硬いものは、信じられないくらい、いろんな女を知っている。たぶんくわえたのだって何十人——下手すると百人単位でいるかもしれない。なのに将嗣は千晶のさほどうまくもない口淫に息を乱し、髪をかき混ぜ、腰を揺する。

「……いい、か？」

口を離しておずおずと問いかけ、濡れた側面を手で握り、こする。「タマも舐めてくれ」とストレートに要求され、顔中を真っ赤にしながらまるみのある根元を舌でなぞり、くわえてしゃぶった。そうするうちに、疼きはますますひどくなり、もじもじと脚を動かしていると将嗣が低く笑った。

「自分で脱げ。くわえたまんまだ」

無茶を言う、と視線でだけ文句を告げ、シャツのボタンをはずした。もたつきながらどうにか上半身を裸にすると「したも」と笑った将嗣が、足の甲で千晶の股間をぐっと持ちあげるようにする。屹立（きつりつ）に気づかれ、顔をしかめた。

「おしゃぶりだけでこれか？」

「うるさい」

そのまえにさんざんいじったのは誰だ。内心で毒づきながら千晶もボトムスを脱ぐ。膝立ちの状態ではうまく脚が抜けず、いったん立ちあがろうとしたところで腕をとって引き寄せられた。

「え、えっ……」

膝のあたりで引っかかっていたボトムスを、将嗣は足を使って引きおろす。絡んでよろけたところを抱きあげられ、下着も強引におろされた。

「やっぱ濡れてんじゃねえか」

「う、うるさい」

いちいち指摘しなくてもいいだろうともがくけれど、抱えあげられたままの状態では、ろくな抵抗もできなかった。おまけに将嗣は千晶の足をいちども床におろさないまま、すたすたと歩きだす。

「ちょっと、どこに」

「飯のにおいが残ってるとこじゃ、気が削げる」

唐突にはじめたくせに、なにが気が削げるだ——と、広い肩にしがみついて千晶は皮肉に考える。

言うだけ、無駄だ。そして本音を言ってしまえば、千晶も本気でいやがっているわけではない。本当はそれこそが問題で、こうして男を増長させるのだとわかっている。けれど、なにしろ十二年間、どういうつもりで振りまわしてくれるのかと思い悩みながらも離れられなかった相手だ。

(だって、どうしろっていうんだ、これを)

突然、思いもしない方法であまったれてくる将嗣への対処方法というのは、千晶のなかには確立していないのだ。

とはいえ、すべてがあまったるいわけでもないのが将嗣という男なわけで。

「……なにする気だよ」

「なにって、風呂だろ」

勝手なことを言う男が向かったさきは、浴室だった。途中で気づいた千晶が足をばたつかせ、肩を殴って抵抗したけれども、まんまと連れこまれて、頭からシャワーを浴びせられる。

「ちょっ……なんだよ、なにすんだ」

「黙ってろ」

「黙るか！　って、あ、うそ、やめ……っ！」

なにがなんだか、と目をまわしていると、壁に手をつかされて脚を開かされる。まさかと思っているうちに、洗浄用のボトルを手にした将嗣に背後をとられ、逃げ場をなくした。

「そんな……じ、自分で、そんなのは」

いくらなんでもそれは、と硬直した千晶は、弱々しく目のまえのタイルを引っ掻く。

「はじめてでもあるまいし、なにびびってんだよ」

「だ、だって、それは、いままでのは」

まだ将嗣に抱かれることに抵抗があったころ、服従させるためにあの場所を洗われたり、あまつさえ――始末するまでの一部始終を見せろと言われたりしたことも、ないわけではない。

けれど、あれは一種の狂気じみた状態だったからで、泣きわめき、錯乱していた千晶にとっては思いだしたくもない過去だ。

じっさい心のガードが勝ったのか、そのときの恐怖と羞恥だけは覚えていても、いったいなにが起きたかについては、曖昧な記憶しかない。

「俺、なんかおまえのこと、怒らせたのか」

当時の苦痛がよみがえり、青ざめたまま千晶は震えあがる。細い声で問いかけると、将嗣が――めずらしいことに、ため息をついた。

「べつに怒ってねえし、機嫌も悪くねえよ」

「でも、じゃあなんで、こんなの」

「してえから、するんだろ」

肩をすくめた千晶の後頭部が、大きな手につつまれる。そっと髪を梳(す)くような手つきに、おずおずと振り返ると、言葉どおり怒った様子はない。というより、たしかに、機嫌はよさそうな気が、する。

「俺のものを俺が面倒見て、なにが悪い?」

ふん、と笑われて、赤くなる自分はどうかしていると思った。胸が騒ぐのも、心拍数が狂ったように跳ねあがるのも、本当にいかれていると思う。

「俺、おまえの、なのか」

「いまさら」

笑ったまま口づけられて、ぐにゃりと力が抜けていく。これから、とんでもなく恥ずかしい目にあわされるとわかっているのに、尻の奥に伸びた手を、千晶はもう振り払えない。

「ぜんぶ見せろ。隠すな」

俺のだろう。そのひとことで、どんなことすらも許してしまうのだろう。それを怖いと思いながらも、濡れた素肌を這う手のひらが、首筋を噛む唇が、千晶の意識も理性もなにもかもを奪ってしまう。

湯気のこもる浴室のなかには、ちいさくあまい悲鳴と、すすり泣く声、抗う相手を封じるためのささやきが、互いのためだけに響きあった。

＊　＊　＊

さんざんな目にあいながらも、必要以上にいたぶられることはなく、千晶は浴室から解放された。だが気分的なダメージのせいか、脚は立たなくなっていて、結果ふたたび将嗣に担ぎあげられたまま、寝室へと運ばれた。

「うわ！」

どさりと乱暴にベッドに転がされ、抗議をする間もなく、眼前に彼のものを突きつけられる。

「くわえてろ」

「んん……っ」

素直に口を開けると、シックスナインの体勢で覆い被さった将嗣が千晶のそれを口に含んだ。

「くふっ」とあまい声が漏れ、含み笑った男は容赦のない舌遣いで責めたててくる。

「んぁ、ちょっ、ちょっと、まって」

「待たねえ」

将嗣は千晶の性器を派手な音をたてて卑猥に舐めしゃぶりながら、手早くジェルを用意する。ぬめった指を開かせた脚の奥へと滑らされ、ぬるぬると入り口をこすられて、悶えた腰が前後に揺れた。

感じてほころんだ場所に、ころあいを見計らったのか、いつものチューブでジェルを流しこまれる。だが驚いたのはそのあとだった。

「んんー……⁉」

なにかやわらかいものがちいさな孔の縁を這う。ぬらぬらとした感触は、さきほど耳に触れたのと同じものだと気づき、千晶はぎょっとした。

「な、なに、なにして」

あわてて太いそれから口を離し、千晶は自分の股間にしゃぶりつく将嗣を見た。けれど下肢は彼にぴったり抱き寄せられていて、半身をよじっても奥まで見えない。

ぬるぬる、ぬちぬちと音をたて、尻を揉み撫でられながら開かれ、たぶん――ああ、それは。

「や、めぇ……な、舐めるな、あっ、だめ」

尖らせた舌が這わされ、先端が狭いそこを抉ってくる。いくら事前にさんざんきれいにされたとはいえ、羞恥もかすかな嫌悪も去ったわけではない。けれどもう、そんなことすらどうでもよかった。

やわらかく、とろけそうな愛撫だった。舌で粘膜の際を拡げられるのは、指でされるよりもずっとやさしくて、あまやかされているようで、たまらない。

「いいか？」

「い……あっ、ふぁ、やぁああ、あああぁ！」

千晶の抗議の声はただのあまい悲鳴になる。自分のそこがこんなに敏感だなどと、知らなかった。感じすぎて怖いくらいで——いままでも何度も気絶するくらい絶頂に追いこまれたけれど、これはまったく質が違う。

（なにこれ、なんで。溶ける）

もはや愛撫を返すどころではなく、いつになく乱れた。将嗣はおかしそうに笑い、そっと後頭部を抱えこんで自分のそれへと唇を近づけさせる。

「舐めんのは無理そうだな。くわえて、遊んどけ」

「んっ、んっ」

なにも考えられず、言われたとおりにそれをくわえた。あたためたロウのように溶けだした下肢の奥に、この硬くて熱いのがはめこまれるのだと思うと、何度も喉を鳴らして唾液を飲みこまないといけなかった。

その間も将嗣の舌は千晶をやさしくいじめ尽くす。指を押しこみ、また引き抜き、左右の指で拡げたそこを、やわらかくやわらかく広げた舌で撫で、ひくつくたびに溢れるジェルを押し戻すように蠢く。

「……うまそうに食ってんな。欲しいのか？」

「ほ、ほし、ほしい」

いつもならぎりぎりまで追いこまれないと言えない言葉が、促されただけでつるりと出た。将嗣はさすがに驚いた顔になったが、そんなものを気にする余裕は千晶にはない。

がくがくと全身が震え、痙攣じみた動きで腰が何度も前後する。

「将嗣、お、お願い。欲しい。これ、欲しい」

溶けて、流れて、どこかに飛んでいきそうだ。つなぎとめてほしい。硬い芯を突き刺して、とろけきったなかをかき混ぜられたい。

「いれて、ここ、ここに」

泣き濡れた目でねだり、自分の奥を探る男の指を手探りで握ってしゃくりあげた。とたん、張りつめきっていた千晶の性器が痛いくらいの力でぎゅっと握られる。

「あ、ひあっ⁉」

「いれたら、速効出そうだな」

意地悪は一瞬で、すぐにそれは解放された。だが、鬱血しそうなくらい締めつけられたおかげでよけいにそれは腫れあがり、じんじんする痛がゆい快楽に千晶はすすり泣く。

ちいさく身をまるめるしかできなくなっていると、強引な手が両脚を大きく開かせ、腰のしたに枕を押しこまれた。

「我慢できるか?」

「あっ……あっ」

なにを我慢するのかも、まったくわからないままがくがくとうなずく。欲しくてたまらないところに、熱くて硬いそれが押し当てられた。

(ああ、ああ、欲しい)

入れられてもいないのに、きゅうう、とそこが狭まる。おそらく挿入されたらもうだめだろう。期待でがくがく震える身体を見おろし、将嗣は笑った。

「すぐにはイくなよ、千晶」

わかっているくせに、意地が悪い。焦らすようにぬるぬると先端をそこに押し当て、わざと粘った音をたててこすりつけ、欲しいだろう、とそのかされて、理性もなにも壊れて消えた。

「突っこんだとたんいったら、空イキするまでいじめてやる」

「うっ、うっ、……いい、いいから」

がくんがくんと首を振り、もうなんでもいいからと将嗣に手を伸ばした。しがみつき、どうすればいいのかわからないまま、ゆるくウェーブのかかった髪をくしゃくしゃにして、現れた形のいい耳を噛む。

「がま、する、するから、いれて」

「どうだかな」

その瞬間、将嗣の広い肩がぶるっと震えた気がした。けれどまともに認識もできないまま、千晶は奥までを一気に貫かれる。

「あ——！」

びくっびくっと震えながら、千晶のそれは挿入の刺激で勢いよく射精した。将嗣の割れた腹筋へ、ねとついた精液が放たれる。指でそれをすくいとり、将嗣は意地悪く笑った。

「ばか。我慢もなにもねえじゃねえか」

「んふっ……は、はあっ」

千晶は声も出ないまま、まだ痙攣のおさまらない身体をシーツのうえで爆(は)ぜさせる。

腰が勝手に突きだされ、奥にいる硬いものをとろりとなった粘膜で締めつけ、「あ、あ」とちいさな声を出すしかできなかった。

開いたままの唇を押さえるように、右手を顔のまえにかざす。切れ切れの息が湿った風を手のひらにぶつけ、それにすら過敏に反応してしまう。

（イった、のに、足りない。ぜんぜん）

唐突すぎる絶頂に、頭がついていかない。すごくて、ただあまりにいきなりだったから、味わうことすらできなくて、もどかしいような気分だけが募る。

「そんなにいじめられたかったのかよ？」

「ひっ……んっ……」

　からかうような声が、耳鳴りの遠くで聞こえた。意味などまったく理解できないまま、千晶は目を潤ませたまま両腕を伸ばし、将嗣の手首に触れる。なんだ、というように眉をあげた男を見つめ、何度も唇を舌で湿らせたあと、言った。

「もっと、いれ、て」

「……おい？」

「もっと、もっと将嗣、おねが、……ああっ」

　せがんだとたん、望んだ以上のものが千晶のなかを穿った。がくんと首が背後に倒れ、背筋が反り返る。頼れるのは必死に掴んだ彼の手首だけ。それも汗にぬめって滑ると、舌打ちした将嗣が逆に千晶の手首を掴み、するりと十指をすべて絡めながら腰を打ちつけてきた。

「これで、もっと、か？」

「ああっ、あっ、ん……それ、あう、それ！」

　逞しいそれに抉られ、千晶はがくがくとうなずいた。ねっとりしたなかを激しくかき混ぜられ、よくて、よくて、よすぎて、もう声も出せないまま腰を振って応えた。

「ああっ、はあっ、はあっ、はあっ！」

　指の股をこすりあわせるようにしながら、どこまでも突き刺さってくる男の性器を受けとめる。腰がバウンドし、たまらずに左右に激しくかぶりを振ると、手を握ったまま将嗣が上体を折り曲げてきた。

キスを求めて首に腕をまわすと、滑りこんでくる舌まで熱い。先ほど、千晶の身体を舐めた舌だと意識したとたん、全身がぶわりと粟立った。

「またイったのか？」

「んー……っ、ん、い、い、た、イった」

今度はごく少量の体液しか飛ばなかった。けれど快感はさきほどの比ではなく、将嗣の身体を押しあげる勢いで腰が跳ねている。

「はっ……すげえことになってんな、千晶。いいのかよ」

「んふ、んふうっ、あああ、いいっ」

攪拌されて、意識が断続的に飛んだ。そのうち、正気を保っていることのほうがむずかしくなり、すごい声をあげて将嗣の身体に爪を立てた。

身体をぶつけあうようにして腰を振り、抱きあったままうえに、したに、斜めにもつれて、ベッドから転がり落ちそうになったことだけは覚えている。

目を閉じることさえできないまま、視界に映るすべてがぶれて、なにがなんだかわからなくなった。

自分がどうなったのかわからなくて、怖くて、千晶はぽろぽろと涙をこぼした。

「泣いても許しちゃやんねえぞ。言ったとおり、空にしてやる。イき狂え」

「うあ、あっ、あ！　んんん！」

がつん！　と打ちこまれ、目のまえに火花が散る。

コントロールを失った身体は悶え狂い、将嗣のそれに貫かれていることだけが鮮明で、逞しくも卑猥なそれに粘膜はうねうねと絡みつき、しごきあげ、すすった。

シーツに這わされて、腰だけを高くあげた状態で激しく揺さぶられ、よくて、よくて、泣きながらまた達した。

けれど、高ぶりきった先端から迸るものはなく、将嗣を搦めとった粘膜だけが痙攣するように震えただけだ。

「よすぎて出ないか」

「ひ……い、うう、んんっ」

立て続けのドライオーガズムで、もうなにがなんだかわからない。こくこくとうなずいた千晶は、助けを求めるかのように恋人の身体にしがみつく。

（キス、したい）

声も出なくて、けれど苦しくて濡れた目で訴えると、無言のまま将嗣は唇を重ねてきた。抱きあう体勢のまま激しくお互いを貪りあって、ぐちゃぐちゃに混じりあった身体のどこかからが自分で、どこからが相手なのか、すべてが曖昧に溶けて、崩れていく。

「そろそろいく」

将嗣ももう限界がきたようで、荒れた息をまじえながら低く笑った。その声にすら感じて、千晶はすすり泣き、壊れたようにうなずいた。

「んん、あ、いって、いって」

「出すぞ、千晶。こぼすな、ぜんぶ飲め」

「あぁあ、のむ、飲むから……っ」

もっとちょうだい、とせがみ、打ちつけられるものに狂わされながら、体内に広がる熱をいとおしく感じていた。

＊　＊　＊

どろどろになった身体を解放されたのは、それから数時間経ってのことだった。

千晶はすでに声も嗄れ、ろくに指も動かせない状態でベッドに沈没していると、めずらしくも気が利く将嗣が、冷たいスポーツドリンクを運んでくる。

「飲むか？」

「あー……」

ペットボトルを差しだされ、五〇〇ミリのボトルを一気に飲み干した。本当に搾りとられた、という身体に染みいる水分が、がらがらだった喉に声を戻してくれた。

ほっと息をつき、ふたたびベッドに寝そべった千晶の隣へ、将嗣も戻ってくる。

まだ汗の引ききらない肌だというのに軽く抱き寄せられて、千晶はどういう顔をすればいいのかわからない。

（どうなっちゃったんだ、こいつ）

監禁事件のあとから、将嗣はこの調子だ。そのうち飽きるだろうと思っていたのに、日を追ってべったりとする頻度は増えている。

「あのさ」

「ん？」

「最近、なんでこういうの、するんだ」

「こういうの？」

なんのことだ、と眉をあげた男に、自分の身体をゆるく囲っている腕を撫でて「これ」と言った。

「まえは、終わったらそのまま、ベッドから出てったただろ。けど、最近は、なんか……」

恋人らしくしろと言ったからとはいえ、ちょっとサービス過剰な気がした。

うまく言えずに口ごもってうつむくと、将嗣は思いもよらないことを言った。

「千晶がいやがらねえからだろ」

「え？」

「終わったんだからどけ、重いって言ってたのは、おまえのほうだろうが」

そんなことは――言ったかもしれない。引きも切らずに女たちと寝てばかりの将嗣の、性欲処理につきあっているだけの自分が惨めで、期待もしたくないと突っぱねたのはたしかだ。

――ほんとは案外、単純なことしか考えてないよ。

春重の言葉がよみがえり、千晶はなんとも言えない気分になって、ため息をついた。

素直でなかったのは、どっちもどっちということだろうか。将嗣のやっていたことを考えれば、千晶の反応はごく一般的なものだと思う部分もむろん、ある。

だが、いやがるから素直に手を離していたのだと知ってしまえば、もう怒れない。

自分から、そっと寄り添った。まだ乾かない肌は、お世辞にも心地いいとはいえないかもしれない。けれど触れた体温は、悪くない。

沈黙が気恥ずかしく、ぼそぼそと千晶は言った。

「中華丼、冷めちゃったじゃないか……」

「あっためりゃいいだろ」

「今度は邪魔すんなよ」

「しねえよ」

笑った将嗣が長い腕を伸ばし、ベッドサイドの煙草をとって火をつける。

「おい、寝たばこやめろよ」

千晶が小言を言うと、面倒そうにじろりと睨んだあとのそりと起きあがって煙を吹かす。それがどうも『寝てないからいいだろう』とでも言わんばかりの態度で、子どもじみたそれに思わず吹きだした。

「なにがおかしい」

「べ、べつに」

なんでもない、とごまかしたけれど、押さえこんだ笑いは止まらない。ひとりまるまって、くすくすと笑っていると、煙を吐いた男がまた、覆い被さってくる。

「ん……っ」

煙草のあとくちで苦いキスをされて、千晶も拒まなかった。ちりりと、将嗣の指に挟まれたままの煙草が、かすかに音をたてる。

――笑え。

あのひとことで、ずいぶんと自分たちは変わったと思う。そして変化に戸惑っているのは千晶ひとりで、将嗣は楽しそうにそれを眺めているばかりだ。

至近距離でじっと見つめてくる男は、千晶のゆるんだ頬をずっと撫でている。

あれ以来、千晶が笑うたび、こうしてまばたきもせず眺められるから、そのたびに恥ずかしくて目を逸らす。

「あ、……そういえば」

「ん？」

「きょう、電器屋で一路と、あと久世ってひとと会ったんだけど、なんか妙だった」

「妙？」

「ふつうに挨拶してたんだけど、なんか急に、俺の顔見て、あわてたみたいに逃げてったんだ」

なんだったんだろう、と千晶がつぶやいたのは、とくに意味があってのことではなかった。ただ、将嗣とこうして、意味のない会話をできるのが嬉しかったからだ。

（どうでもいい話するとか、なかったもんな）

ねっとりと熱かったセックス。それは十二年、変わらない。けれど事後の空気がこんなに穏やかなまま、まったりとした時間をすごすことには、まだ慣れていないのだ。気恥ずかしくも、すこし幸せな気分でいた千晶は、しかし無言で煙をくゆらせていた将嗣がふっとちいさく笑ったことに、眉をひそめた。

「ああ。そうか。あれか」

「なんだよ。なんかあるのか」

妙な胸騒ぎを覚えた千晶が起きあがると、将嗣は長い指で口元を覆うようにして、煙草を深く吸いつける。そして、にやにやと歪む口元から、白い煙を吐きだしながら、言った。

「あれだろ。まえに、目隠ししたろ」

「……それが、なに」

「たしかあのとき、ドアの向こうで見てたのが久世と一路だ」

「え？」

「わざとじゃねえけど。ドアの隙間空いてたからな。覗いてやがったんで、ちょっと見せつけてやった」

がん、と頭を殴られた気がした。千晶は目のまえが真っ暗になり、よろりと起きあがったばかりのベッドに倒れふす。

（そういえば、あのとき……ゴーグルで、目が隠れて）

久世は千晶の目元が隠れたとたん、はっとしたように息を呑んでいた。あれは、おそらく偶然見てしまった痴態の主が、誰だか気づいたからだったのだ。

（嘘だろ……！）

かつて、あのオーナールームで、別れる別れないの大げんかをした際、ひどくいたぶられたときのことは記憶に鮮明だ。

いやがる千晶を縛りあげ、目隠しをし、射精寸前の勃起を紐で縛めて、さんざんなくらいにいたぶった。

過敏になった神経が誰かの視線と気配を感じていたのに、勘違いだと押しきられ、わざわざドアのほうに向けて、脚を拡げられて。

——俺の、なんだ？　ほら、スケベなケツ振って、ちゃんと言え。

恥ずかしい、卑猥なおねだりをするまで許されず、泣きじゃくりながら、入れて、はめて、とあさましく叫んだ。

「いち……一路も？　見たのか？」

「あいつのほうがさきに見てたみたいだな。ドア空けたとたん『あ』って顔しやがったし」

「なん……」

わなわなと、指先が震えてくる。

そうとも知らず、あれからずっと一路とは顔をあわせ、ふつうに会話もしてきた。初対面の久世とは、おのが知らぬままにとんでもない場面を見られて――。

手近にある武器といえば枕くらいしかなく、千晶はそれを掴んで振りかぶる。

「……おまえは！　なに考えてんだよ！」

「おっと」

ひょいと煙草だけを高く掲げた将嗣は、器用に千晶の攻撃を避けた。

「やっぱり見てたんじゃないか！　嘘ついて、なんでっ……信じ、らんねっ」

罵りたいのに、あまりのことに言葉がうまく出てこなくなり、千晶は全身を震わせる。将嗣はいけしゃあしゃあと言った。

「さっさといなくなりゃいいのに、いつまでもじろじろ見てっから、うざかったんだよ」

「見せつけたのは誰だよ！」

「知るか。俺が連れてきたわけじゃねえし」

枕を捨てて殴りかかると、喉奥で笑いながら抱きしめられる。煙草はとっくにサイドテーブルへと避難させられていて、その余裕も悔しかった。ふたたびベッドに押さえつけられ、もがいたところで力の差は歴然としている。なにより、さきほどの行為で疲れはてた身体に、抗う余力など残っていない。

「おまえ、最低……」

涙目で睨みつけると、将嗣の目の色が変わった。

「見られて、ぎゅうぎゅうに締めまくったのは誰だ」

声色もまた変化する。ぎくりとして逃げようとするけれど、すべてはもう遅い。

「そんなことっ……ちょ、なにっ」

「してねえ、とか言っても無駄だ」

強引に脚を割り開かれ、いやだとわめいたのに、またあのすごいものが押し当てられる。

「いやだ、将嗣。入れるな、やっ」

「うるせえよ」

「いや、いや、んんんん！」

さきほどの行為でゆるんだそこに、ずぶりと硬いものが埋まってくる。

なぜけんかの最中にこんなことができるのかと、千晶はなかばあきれ、なかば怒り狂って脚をばたつかせた。

「いやだ、しない、しなっ……あっ、いやっ」

「よかったろ、あんとき。すごかったしな。縛ってんのに漏らして、ガチガチで、ぬるっぬるにして……」

「ちが……ば、か、ばか、うあ、あふ、んっ、そこいやっ」

のっけからぬちぬちといやらしく抜き差しをされ、悪態も抗議もあまくとろけていく。

「ほんとおまえ、Mだよなあ？　見られて、恥ずかしくて、いきまくったろ」

「く――……っ」

違う、と言葉にすらできず、簡単にとろけさせられる身体が厭わしかった。強烈な辱めを受けて、悶えて狂ったあの瞬間、突き刺さるように感じた誰かの視線に煽られなかったといえば、嘘になる。だが、そんなことを認めるわけにはいかないと、千晶は唇を噛んで必死にかぶりを振った。

「……っじゃ、ない、え、Mじゃな……っ」

「嘘つけ。入れたら毎回すぐ、ぐっずぐずじゃねえか」

「んあっ、それ、まさ、将嗣が、あっあっ、将嗣、が、あっ」

肉を叩く音が立て続けに響き、抉られた内部が爪先まであまい痺れを運ぶ。

身体のなかが潤んでぬかるみ、それを攪拌されては腰がわななく。がくがくと千晶は首を揺らして快楽をこらえた。

「俺がなんだよ」

「ひあうっ、あっ、おま、おまえが、それぇ、それっ、するからぁ、あっあっあっ」

「んな声出して、いやもなにもねえだろ」

そのとおりだから悔しい。どうしてこうもセックスに弱いのかと自分に歯がみしたくなるけれど、入れられて、揺さぶられて、何度もなんどもキスをされると、なにもかもがどうでもよくなってしまう。

(ばかみたいだ)

腹立たしいのに、怒りながらのセックスは、いい。そしてよけいに腹が立ち、興奮し、また快感の純度をあげていく。

十二年繰り返した悪循環と悪癖は、完全には抜けきっていない。そしてタチが悪いことに、かつて千晶がどれだけ怒ろうと押さえつけるばかりだった男は、なだめてほだすという最低な技まで身につけた。

「もう見せねえから、泣くな」

「嘘つき……」

「見せねえよ。腹立つから」

怒っているのはこっちだというのに、あっけなく心がゆるんだ。その隙に奥まで入りこまれて、身体中が将嗣に絡みつく。

「いいだろ」

うん、とうなずいて脚を絡める。ぎゅっと爪先をまるめたまま震え続ける身体を、将嗣はけっして離さない。

「好きだろう」

「うん、うん」

「ちゃんと言え」

「好き、ああ、すき……」

うわごとじみたそれを繰り返すと、将嗣が笑った気がした。髪を梳かれ、火照った頬に唇を押し当てられた。

「おまえは、そのまんまでいい」

耳元でなにかささやかれた気がする。

「俺のことで怒って、泣いて、わめけばいい」

とても大事ななにかを、型どおりの告白より重たい言葉を、ささやかれたはずなのに。

「なにしたって、逃がす気なんか、ねえよ」

溺れる意識のなかでは、それが現実なのかどうかすら、千晶にはわかりはしなかった。

＊　＊　＊

「く、くぜくん、くぜくん。どうしたの」

突然腕を引っぱられたかと思えば、外に連れだされ、一路は意味がわからなかった。

小走りに逃げた久世が足を止めたのは、ごちゃごちゃしたビルの隙間の路地だ。大形電器量販店から、さほど走ったわけでもないのに、肩で息をしている。

「ねえ、どうしたの？」

「おまえ、あれ、あのときの、あれだろう」

「え？　なにが？」

きょとんと一路は目をまるくした。年上の恋人は、その反応こそがわからないというように、顔を真っ赤にして震えている。

「だからっ！　あの、おまえがいきなり、ロッカーでサカってきたとき！　キングと！」

「あ、目隠しプレイ？　うん、千晶くんだよ」

それがどうかしたのか、と首をかしげると、久世は愕然と目を瞠った。

「うん、って。おまえ、わかってたのか」

「え？　うん。キングの相手するので男って、千晶くんしかいないし」

「相手するので、って……ほかにもいるってことなのか？」

「昔はすごかったから。最近は知らないけど、日替わりでいっぱい女のひと相手してたよ」

けろりと答えると、久世は顎がはずれるのではないかというほど、口を開けている。

（どうしたのかなあ、くぜくん）

「あの、それは、あの、柳島さんも了承のうえのことなのかっ？」

「了承……って？　わかんないけど、キングがキングなのはわかってると思うよ？」

うーん、と考えて答えたのだが、それは久世には気に入らなかったらしい。赤らんでいた顔がみるみるうちに青ざめ、一路の手を振り払うなり、彼はあとじさった。

「ど、どしたのくぜくん」

「……やっぱり、よくわからん。そういう破廉恥なつきあいを、なんでそう、けろっと口にできるんだ」

　意味もなくかぶりを振って、久世はよろよろと歩きだした。

「キャパオーバーだ……きょうは、帰る」

「ええええっ、なんで！」

　ねだり倒して彼氏になってもらった久世は、思いもよらず懐深く、一路の破天荒な――周囲の常識人曰く、そうらしい――求愛にも応えてくれた。けれど、本来は非常にまっとうかつ常識的な彼が、なににそこまで衝撃を受けているのかを、『中身が残念』といわれる一路は、それこそ残念ながら理解できてはいなかった。

「え、え、なんで怒るの、ねえ、くぜくん」

「自分で考えろ！」

「わかんないから訊いてるのにいい！」

きゃうん、と駄犬は鳴き声をあげ、怒ったご主人様のあとを必死について走る。

複雑に屈折しまくった大人たちのとばっちりで、今夜も一路は寂しい夜を過ごす羽目になりそうだった。

# SWEET OR SWEET

ホストクラブ『バタフライ・キス』のオーナーであり、かつては超人気ホストとして鳴らした源氏名『王将』こと、柴主将嗣の思考回路を読みとれる人間はひどくすくない。

将嗣とは十数年のつきあいがあり、一応は恋人である柳島千晶も、彼がなにを考えているのかについては、正直わからない。というより、将嗣を身近に知る人間のなかで、もっとも彼を理解していないのは自分ではなかろうか、と思うことすらある。

なにしろ将嗣はめったなことでは本音を見せない、語らない。

端整な顔に貼りつけている表情は、大抵はひとを食ったような笑顔ばかりで、たまにぽろりと漏らした言葉も、どこまで本気かわからない。

おまけにときどき、突拍子もない行動に出るから、ますます理解不能になっていく。

「……なに、それ」

その日、仕事を終えた千晶が将嗣とふたりで暮らすマンションへと帰宅したとき、リビングの床に座りこんだ彼の手のなかには、なんだかちいさないきものがいた。

「なにって、犬」

「犬⁉　これ犬なのか」

まだ生まれて数カ月も経たないだろうそれは、鼠と見まごうばかりのサイズで、将嗣の大きな手のひらに乗せると、片手で充分なくらいにちいさい。

「だ、だいじょうぶなのか、こんな赤ちゃんの……」

「これでも一応、乳離れはしてるらしい」

手のひらに乗せた子犬の腹を、将嗣の長い指がつつく。けぷん、と満足そうに息をついた彼――オス犬なのは、怠惰にも腹を見せた仰向けのポーズのおかげですぐにわかった――のおなかはぽっこり膨らんでいて、満腹なのは見てとれた。

片膝を立て、もう片方の長い脚を床に投げだした将嗣の近くには、ちいさいココット皿のようなエサ皿と、幼犬用のベビーフードの袋がある。

「将嗣が食べさせたのか」

「ほかに誰がいる？」

「いや、まあ、そうだけど」

千晶はまだスーツのまま、将嗣の背中越しに手元を覗きこんだ。

「サイトのほう、どうなってる？」

「あー、『Farfalla』の？　あらかたできてきた。携帯対応のコンテンツのほうがちょっと遅れ気味だけど」

いまの千晶の仕事場は、将嗣が経営している『バタフライ・キス』グループのＩＴ部門の会社だ。サイトの運営やそのほかを一手に担っている状況で、千晶の肩書きとしてはチームリーダーということになっている。

スーツ着用の義務はないけれど、会社員時代の習慣が染みついていて、出勤時はどうにもこの恰好のほうが落ちつくのだ。

「とりあえず、仮サイトのほうでインフォメーションはしてってるから、おいおい情報は足していくよ」

「そうか」

色気のない会話をしつつ、将嗣の視線は子犬へと向けられたままだ。

うつらうつらしている、ちいさな犬をつんつんとつついているさまは、なんだか妙に楽しげでもある。

「で、なにそれ」

「だから犬だろ」

「犬はわかったよ。どうしたんだって訊いてんの」

将嗣は一八〇センチを軽く超える長身に、三十代なかばになってもますます垂れ流されたままの色気はすさまじく、すでにホストとしての接客からは退いたものの、同業者やら店の客やらにファンも多数。

そんな彼はどこからどう見ても『夜の男』で、子犬相手にほのぼのとしている姿など、まったく想像もしたことがなかった。そもそも将嗣が動物好きだとか、そんな話を聞いた覚えもまるでない。

だから千晶はまさか、そんな返事が返ってくるなどと思わなかったのだ。

「どうしたって、買ってきた」

「買ってきた⁉」

「おまえ、さっきから鸚鵡返しばっかだな」

くく、と喉を鳴らす彼に、よっぽど「意外なことばかり言うからだ」と文句をつけてやろうかと思ったけれど、そんな場合ではないと我に返る。

「まさかうちで飼うのか？　無理だろ」

「無理ってなんでだ」

「だって俺、ペットなんか飼ったことないんだぞ……」

「覚えりゃいいだろ」

いやそういうことでなく。千晶がどこから突っこめばいいのかわからなくなっていると、ちいさな犬が「ぷちっ」とくしゃみをした。

「寒いんじゃないのか」

「ああ、まだ毛が薄いからな」

うりうりと眠っている子犬の眉間をつついた将嗣は、ちいさないきものをそっと毛布で包み、これもすでに用意していたのであろう犬用ベッドに寝かせた。

（わあ）

千晶は内心で声をあげた。その手つきは驚くくらいにやさしげで、こんな真似がこの男にできるとは思わなかったからだ。

「あの、これ、なに犬？」

「ミックスだっつってたな。いろいろ言ってたが、忘れた」

まだ幼すぎて毛も短いけれど、なんとなく毛足は長くなりそうな気がする。ぽってりした前肢が毛布の端から覗いていて、その姿はたしかにとんでもなくかわいい。

ぷう、と寝言を言う子犬に、思わずきゅんとなりながら、千晶は口を開いた。

「……本気で飼うの」

おずおずと問いかければ、「ああ」とうなずくからますます驚く。

「俺、昼間仕事だし、将嗣もほとんど店だろ。どうすんだよ」

「留守番させて平気なくらいになるまでは、店に連れてく」

「散歩とか……」

「このサイズのやつなら、部屋のなか走らせときゃいいとさ」

どうやら本気らしい。いったいどういう風の吹きまわしだと思ったけれど、将嗣がなんだか楽しげで、千晶はなにも言えなくなってしまった。

「えと、名前とか決めた？」

「決めた」

「なんにすんの」

「チアキ」

一瞬、自分の名を呼ばれたのかと思った千晶は「なに？」と小首をかしげる。おかしそうに笑った彼が「だから、チアキ」と繰り返して、はじめて意味を悟った。

そして、ぼっと音がするほど赤くなった。

「ちょ、んな、やめろよ紛らわしいっ」

「だめか」

「いやだよ！」

真っ赤になって反対すると、将嗣はさほどこだわりはなかったのか「ふーん」と言った。

「じゃ、おまえが名前考えろ」

「え、な、なんで俺が」

「ほかに思いつかねえ」

どこまで計算か、はたまた天然かわからないが、さらっと恥ずかしいことを言われて千晶は押し黙った。

微妙な内心を知ってか知らでか、将嗣は「ほら、早く」と千晶を急かす。

「そんな、急に言われたって」

「じゃあこいつチアキにするぞ」

「それはやめてくれってば！」

声を大きくしたとたん、「ぷあ」とちいさな鳴き声がした。毛布の固まりがもそもそと動き、ぴょこりと鼻を突きだした子犬は、不思議そうな顔で「なあに？」とでも言わんばかりに小首をかしげる。

まばたきもしない真っ黒な目でじーっと見つめられ、不覚にもきゅんとする。

「か、かわい……」

思わず口走ったあと、将嗣がにやっと笑った。あわてて口を手のひらで覆い、千晶は将嗣に問いかける。

「ていうか、なんで犬なんか」

「んー」

生返事をした将嗣は、子犬がベッドからおりようともそもそ動くのに手を貸し、両手のうえに彼を乗せた。

「通りがかって、目があっちまった」

「それって、ペットショップ？」

問うと、将嗣は「そうだ」とうなずいた。

「にしても、ショップで売るにはちいさすぎないか？　ふつうもうちょっと、育ってからなんじゃあ」

「母犬が死んじまったんだと。ほとんどショップの店員がミルク飲ませてたそうだ」

その言葉に、千晶ははっとなった。

将嗣の母親は、まだ彼が乳飲み子のときに、彼の祖父母の家へと置き去りにしていったと聞いている。

それを教えてくれたのは、ふたりの共通の友人である檜山春重だ。

――いままでどおりでいい。なんにも知らない顔で、そばにいてやればいいよ。

過去のあれこれを、将嗣の口からはけっして語りはしないだろうし、春重も聞かなかったことにすればいいと言った。

けれど、いちど知ってしまったことは無視もできず、おかげで千晶は将嗣がこういう発言をすることにめっきり弱くなった。

「……飼っても、だいじょうぶなのか？」

「だから売りに出してんだろ。注意はひととおり聞いてきたし、獣医も紹介されたから、問題ない」

将嗣が顔の高さに犬を抱えると、ちいさな舌が高い鼻梁をぺろぺろと舐める。

いやがりもせず、わずかに顔をほころばせて目を細めた将嗣の姿に、千晶はなんだかくらくらした。

犬はかわいい。それは認める。けれど、出会って十数年、図体もでかければ態度もでかい男を憎らしくこそ思えど、かわいいなどと感じたことはいままでいちどもありはしない。

なのに。

（それは反則だろ、それは！）

大事そうに、ちいさいいきものを手のなかにして、やさしげに目を細める将嗣など、想像したこともなかった。ましてやそれが似合うなどと、天地がひっくり返ってもあり得るはずのない現象だったのに、目のまえの光景は、おそろしいくらい絵になっている。

ひとしきり将嗣の顔を舐めた子犬は、満足したのか、あぐらをかいた彼の長い脚の間に居場所を見つけ、くるっとまるくなってしまった。

ぼうっとそれに見とれていると、将嗣がいまさら気づいたかのように声をかけてくる。

「おまえ、着替えてきたらどうだ」

「え……あ、うん」

まだスーツのままだったことを指摘され、千晶は自室へと引っこんだ。

「将嗣が、犬、ねえ」

ネクタイをほどき、上着を脱ぎながら、なんだかいろいろ現実感がないな、と千晶は思う。

本当は、以前勤めていた通販会社が地方に移転することになったのを機に、彼と別れて逃げようと思っていた。

将嗣と千晶の関係もごちゃごちゃで、千晶が彼に向けた感情もめちゃくちゃで、もう疲れはてたと思いつめた末での決断だった。

それが紆余曲折あって——拉致監禁(らちかんきん)をそんな言葉で片づけていいのかわからないが——まともな恋人同士という形におさまった。

——できればもうちょっと、恋人みたいに、やさしくしてくれたら、嬉しいけど。

再構築を目指すことに決まったあと、そう言っては見たものの、正直なところ千晶はあまり期待していなかった。

学生時代からホストであり、新宿の帝王とまで呼ばれた将嗣の女関係は、常識外の桁外れ。浮気の定義がわからなくなるほどに女をはべらせていたような相手に惚れ、強引に関係を持たされてからの日々は、地獄といってもよかった。

いままでがいままでで、せいぜい揉め事の種が減ればいいか、くらいにしか考えていなかったのに、最近の彼はめっきり千晶にあまい。

いちど、問いかけてみたことがある。恋人みたいにしろと言ったから、無理をしているのではないのかと。

だが将嗣は、千晶の言葉に眉をひそめて「べつに無理はしてない」と言った。

――だいたい、俺が無理してなにかするタマか？

そうまで言われてしまうと反論もできず、日々面食らいながらも、穏やかな日常にだんだん慣れている自分がいる。

しかし、それにしても、犬。

「……ふふ」

思わず笑ってしまい、千晶はあわてて口をふさいだ。着替えをすませ、聞かれはしなかっただろうかとこっそりリビングを窺えば、将嗣の姿は見えない。

「あれ……？」

どこにいった、と思いながらリビングへと戻ると、ソファのうえにごろりと転がった大柄な男と、その腹のうえでちんまりまるくなって眠っている子犬がいる。

「……！」

今度こそ吹きだしそうになって、千晶は必死にそれをこらえた。

両手で口を覆い、笑いを呑みこんで腹筋をひくつかせていた千晶は、「そうだ」とちいさくつぶやき、足音を忍ばせて携帯電話をとりに戻った。

カメラモードを起動させ、携帯のちいさな液晶画面に、大きさが違いすぎるひとりと一匹をどうにかおさめて、こっそり撮影する。

（な、なんだこれ、かわいい）

画面におさまったものを眺めると、また笑いがこみあげてきた。

なのに、どうしてか目尻に涙が滲む。

平和すぎるほど平和な光景に、なぜこんなに胸が痛むのかわからない。

じんわりあたたかくなった胸をこらえ、目尻を拭った千晶は、まだ名前のない子犬が「ぷちん」とくしゃみをしたのに気づいた。

ふたたび足音を忍ばせ、自室に戻る。今度手にしてきたのは大判の毛布で、将嗣の懐にもぐりこもうとする子犬と、彼のうえにそっとかけてやる。

ソファの足元に座りこみ、ゆっくり深い将嗣の寝息と、テンポの早い子犬の寝息が奏でるハーモニーを耳にしていると、千晶もなんだか眠くなってきた。

寝転がった将嗣の広い肩に頭をもたれさせ、千晶はそっと目を閉じる。

まどろんだ千晶は、夢うつつのなか、やさしく髪を撫でられた気がした。

それは昔、彼と恋に落ちた瞬間の仕種に酷似して、ただひたすらに、あまかった。

# 苦い珈琲の味

柴主寓護が、その青年の姿を見たのは、その日がはじめてではなかった。

柳島千晶。いとこであるあの男――柴主家きっての問題児、柴主将嗣の、最愛。

あの男のおかげで現在、寓護はある意味では恩恵に浴し、ある意味ではしわ寄せを食らう羽目になっている。

だから目のまえにいる青年が、将嗣の長年の『愛人』であることは、だいぶ以前から調査書に貼付された写真や映像のたぐいで知っていた。身辺調査は数年にわたる――どころか、将嗣に関してはもう、生まれてこのかたといってもいい。

わかっていて反骨精神のままにあがき、抗い続ける野生の獣のようないとこを、寓護はある意味、愚かだと睥睨し、同時にひととしては好ましさも覚えた。なぜならば、将嗣が愚物であり続けようとすればするほど、寓護は寓護のなさんとする理想に近づく。

だからこそ、千晶の存在はありがたかった。むしろ柴主の意向で彼に圧力をかけ、将嗣と別れさせようとする一派もあるのは気づいていた。具体的にいえば千晶を排除、害しようとすら考える者もいた。寓護のほうでどうにかできるものはどうにかしたけれど――。

（あればかりは自業自得だよ、将嗣）

チェーン店のオープンカフェのテラスにいる千晶が真っ青な顔でページをめくっているのは、有名ゴシップ誌。将嗣の華々しい活躍が掲載された最新号だ。

新宿『バタフライ・キス』オーナーにして伝説のホスト『王将』。女と寝るだけで億を稼ぐ男。毒々しいアオリといかがわしさを切り取ったような写真は、いかにもこの手の雑誌らしい、悪辣（あくらつ）さに満ちている。

発売まえには柴主の親族会議でもやり玉にあがったが、揉み消しは不可能だった。なにしろ本人から売りこみをかけたも同然の記事だ。

本人のもくろみどおり、柴主と、とある政財界大物の孫娘との縁談は話の以前に壊れた。そのためのゴシップ、そのためのスキャンダルだが、彼も無傷ではいられない。

寓護が痛ましく思うのは、その傷を負うのがなにも、将嗣だけでないことだ。

雑誌を眺めて陰鬱（いんうつ）な表情をする千晶は、おそらく知らない。自分の恋人がなんのために、こんなに不名誉でスキャンダラスな記事になるのをよしとしているのか。どうして、億単位の金をこんなにも性急に、褒められたわけではない手段で稼いでいるのか。

なにひとつ教えられず、ただただ裏切られたという思いでいっぱいな彼がひどく哀れだ。ひどく寒々しく、孤独で、見ていられないほどに惨めさを噛みしだいている。

だからだろうか。気づけば寓護は、買うつもりもなかった安いチェーンカフェの煮詰まったコーヒーを手に、彼に近づいていた。

いかにも、いま気づいたというふうな声をあげれば、自身の世界に没入していた千晶が顔をあげた。

「――あれ？」

「どちらさま……？」

見覚えのない男に怪訝な顔をする千晶を目の当たりにして、寓護は思う。

（なるほど）

正直、写真を眺めていただけではわからなかった。

青白い、痩せた頬。これといって特徴がなく見えるけれど、よく見れば整った面差し。

そして、周囲に埋没しそうなくらいの無個性的な気配を一変させる、伏せたまぶたと長い睫毛の影の濃さ。

一見は地味でおとなしい印象しかない青年から漂う一種異様なほどの色気は、おそらくあのいとこに植えつけられたものだ。

タンブラーを手にしたまま、寓護はにっこりと笑う。

「申し訳ない。『バタフライ・キス』で何度かお見かけしていて」

「……っ」

大抵の人間なら警戒心をほどく寓護の笑顔にも、彼はまだ気配を硬くしたままだった。

（どこまで知っているのか、と考えている表情だな）

店名を口にした瞬間に目を尖らせるのは、正しい反応だ。見知らぬ相手には、どこまでも臆病なくらいでいい。猜疑にまみれて心を閉ざしておかねばならない。将嗣（あのおとこ）の隣にいて生き抜くには、それくらいでなければ無理だ。

身がまえる態勢を保つ千晶を、寓護は好ましく思いながら言葉を続けた。

「たしか、システム管理の業者さんですよね？」

「……あ、ああ。そう、ですね」

ぎこちなく首肯（しゅこう）した千晶は、怪訝そうにこちらを窺ってくる。

「え、と、そちら……は」

「ははっ、ぼくはキャスト（ホスト）じゃないですよ」

顔を凝視されたのがわかって、すこしばかり苦笑し、寓護は名刺をとりだした。あわてたように立ちあがった千晶が手振りする。

「あ、いま私、持ち合わせが」

「プライベートですもんね、気にせず」

とりなすように言えば、千晶は反射的に愛想笑いを浮かべかけた。しかし次の瞬間、名刺に目を落とした彼は、ぎょっとしたように顔をあげる。

国内でも有数の大企業、『柴主ホールディングス』の社名ロゴ。そして取締役の表記のあとに続いた名前。

「いとこなんです。王将の」

「あ、そ……」

無意識にあとずさろうとする千晶の退路を断つように、寓護はにこりと笑ってみせる。

「大学の後輩なんでしょう？　いろいろ、将嗣のことだから無理難題言ってきてると思うので……お世話かけます」

苦笑まじりにやさしく微笑みかける。自分の表情の与える印象と効果は熟知している。案の定、戸惑うようにしつつも千晶は警戒をほどいた。

（あまいな）

この程度でゆるんでしまうのか、とすこし冷めた目で観察する。けれど、それも当然だろう。ふつうの人間は、笑顔で言葉を交わせばいつまでも身がまえていられない。表情に心がつられるのだ。

「先輩、には、お世話になってますので」

「そうですか？」

「ええ……」

うなずきながら、千晶はぎこちなく、目を逸らした。本当に嘘のつけない実直な性格なのだろう。きっと将嗣に捕まりさえしなければ、もっと平穏に生きてもいけたのだろう。

その点は、同情する。けれど逃げてもらっても困る。あらかじめ壊れたような男がどうあれ、はじめて執着（しゅうちゃく）する相手として見つけたものなのだ。

ある意味では、だから寓護は、千晶に感謝している。

彼のために、将嗣は本気で『柴主』を投げ捨てた。そして空いた座にいま、寓護が納まろうとしている。

「今後も迷惑かけると思いますが、……なにとぞよろしく」

本心から、あの男を頼むと願って笑みを深める。千晶はぼんやりと、うなずいたような、ただ顎を引いただけのような、曖昧な仕種で「はあ……」とつぶやいた。

「では、突然に失礼しました」

「あ、は、はい……?」

なんだったんだろう、と首をかしげる千晶をそっと窺って、きびすを返し歩み去る寓護の顔にはもう、笑みはなかった。

非嫡出子（ひちゃくしゅっし）ながら柴主の直系男子である、将嗣。庶子（しょし）であったがゆえ、血筋とその扱いに不平を持った父親から、ねじくれた恨み言を子守り歌代わりに育った寓護。

それぞれの思惑を胸に、ひっそりとした共犯関係を作って現在に至っている。いまとなっては、自分たちの名前はただただ皮肉だ。

将を嗣ぐ——一族の長たれ、と願われた将嗣は造反し、空白となった家を護るのが、本来は妾腹筋の寓護。

老人たちを追い落とし、自由に采配を振るえるようになるまで、いましばらく。頭の固い連中には、将嗣の才覚を見失っていてほしい。あれが単なるホストなどではなく、ベンチャー企業として成りあがっていく途中であることなど、気づかれるのはもっとあとでいい。

(それまで、あなたには逃げずに、壊れずに、そのままいてもらわなければ)

だからすこしだけ、自分も陰から手を貸そう。ふたりの仲を裂こうとする輩の画策を鈍らせるくらいのことは、造作もない。

「……とはいえ、むしろ問題は、将嗣か」

千晶のあの様子では、正しく心を伝えるなどという真似は、できていないのだろう。

もしかしたら将嗣自身、おのれのなかにあるものを理解できていなければ、言語化もできないのかもしれない。

「壊れるまえに、おさまるところにおさまれば、いいけれどもね」

それを願わないほどには、ひとでなしではないつもりだ。ただし、自身の地盤が固まったのちに彼らが破局したとしても、それはそれ、と寓護は思う。

将嗣にはいとことしての情くらいはある。利用できる間にはそれなりに気も遣う。だが千晶はいま現在の寓護にとって、将嗣の楔、ある種の贄として以上の価値はないのだ。

（さて、どれくらいあがいてくれるか）

飲むつもりもないまま手にしたタンブラーの中身は、すでにぬるくなり、油膜が浮いていた。一応、ひとくちだけすすってはみたけれども、ふだん寓護が飲みつけている高級豆とはもはやべつの種類の飲み物だと思う。

備え付けのゴミ箱には、飲み残しを捨てるためのボックスが設置されていた。

ひとくち味見しただけのコーヒーを、寓護は無造作に廃棄する。漏斗状になったステンレスをどろどろと流れる濁った液体を見ることもなく、その場を立ち去った。

安いコーヒー。舌に残るあとくちは、ひたすらに苦いばかりだった。

＊　＊　＊

「なんだったんだろう、いまの」

突然現れた、将嗣のいとこという男は、どこか掴み所のない雰囲気を持っていた。

柔和な笑顔はすこし、将嗣の片腕である春重に似ているとも一瞬思う。だが、春重ほどわかりやすく腹黒な気配はなかった。

それだけにすこし、怖い気もした。あまりに完璧にやさしげな笑顔は、いっそ腹の奥がなにも読めない。

だが、将嗣をよろしくと言ったあの声と表情には嘘は感じられず、千晶はすこしだけ、ほっとしていた。

「あいつ……ちゃんと身内、いるんじゃないか」

よかった、と思う。あまり――というかほとんど自分のことを語らない将嗣はおそらく、身内というものの縁が薄いようにも感じられていた。そして随所に感じていた、さまざまな矛盾にも、なにかしらの納得がいった。

奨学金で大学に通っている苦学生というわりに、金に頓着がないようにも見えた将嗣のいとこは、見るからに上流な世界で生きてきた気配があった。細かくは知らない、けれども、「そういうことか」と、なにかがすとんと腑に落ちたのだ。

(誰もいないと言っていたのに、そう思っていたのに――孤独な王様にはちゃんと、心配してくれる誰かがいた)

喜ばしいことだと思う。自分ひとりでは手に負えないほどのあの男の孤独を埋める誰かがきちんといるのは、本当にいいことだと思う。

けれど、どうしても。だったら、どうして。

「……やっぱり、俺じゃなくたって」

ぽつりと漏れた言葉は存外に重たくて、自分にうんざりした。

すでに冷めたコーヒーをすすって、口をごまかす。においも温度も失せたそれは、ただひたすらに、どろりとしている。

「にが……」

突き刺さるほどの苦みは果たして、なんのためだったろうか。

曇天のカフェテラス。千晶は、どこまでもひとりだった。

# 甘い珈琲の味

夜、二十時をすぎるころに、同居人であり恋人である男、柴主将嗣は帰宅する。

かつて、彼が新宿のキングと呼ばれていた時代には昼夜が完全に逆転していた。現在は『バタフライ・キス』グループのＩＴ部門を任されている柳島千晶だが、当時はとある通販会社のシステム部に所属しており、出勤も朝の一般的な時間。つまりはほぼ、入れ違いの生活だった。

現在の将嗣はオーナー兼グループ代表取締役社長として、現場に出ることはなくなっている。始業当時からのメイン事業であるホストクラブのみならず、イケメンカフェをはじめとして、雑誌媒体にフラワーショップなどさまざまな事業展開をみせたグループを、片腕であり営業統括部長である檜山春重とともに動かし続けている。

多忙といえばそうなのだが、カリスマホスト時代に較べれば無茶な時間で動くこともなくなり、特段の用事がなければ前述のとおりの時間に帰宅するのが常になった。むしろ、性質上二十四時間稼働し続けるＷＥＢ部門を抱えた千晶のほうが持ち帰り残業が多く、苦言を呈されることもしばしば。

先だってもオーバーワーク気味となった千晶に「しばらく残業禁止」という社長命令がくださ

れたため、この日は先んじて帰宅していた。

ふたりの暮らすコンシェルジュつきマンションは、都内でも最高級のセキュリティを誇る。現在ではエントランスから生体認証キーが導入され、各フロアには住人に許可された人物以外、足を踏み入れることもできない状況だ。

そんなある日、めずらしく玄関のドアチャイムが鳴った。モニターを見ればふてくされた顔の将嗣が「開けろ」のひとこと。

（……指紋認証なのに？）

不思議に思いつつ、そもそも圧倒的に言葉が足りないのが将嗣だ。ここで話すより迎えに出たほうが早いと判断した千晶は、玄関ドアを開けたところで、唖然として固まった。

「おかえ……あれ？」

ドアの向こうに現れたのは、見覚えのない背の高い男。にっこりと笑う彼は、しかし旧知でもあるかのように千晶へと話しかけてくる。

「やあ、千晶さん。おひさしぶりです」

「おひさし……え？」

眼鏡の似合う、知的で端整な顔立ち。身長は同居人である柴主将嗣と同じほどに感じるから、おそらく一八〇センチは超えているだろうか。こうまで派手な美形であれば忘れることもないと思うのに、突然すぎて思いだせない。

「とりあえずお邪魔しますね。あ、これ手土産です」

「は、はあ」

戸惑っている千晶をよそに、男は手にしていた袋をぽんと千晶へ渡してくる。ロゴを見てぎょっとする。都内でも有名なパティシエの高級スイーツ店。

（ここ、たしか事前に予約注文しないと買えないとこだ……しかも半年待ちで、ケーキ一個が何千円とかするやつでは）

「あ、スリッパお借りしますね。リビングこっちですか？」

「えっ、あっはい、えっと……？」

にこにこしているのに有無を言わせない態度。どうしていいのかわからず目を白黒させていれば、本来の家主――柴主将嗣が、うんざり顔でうしろから入ってきた。

「あ、あの……？　誰？」

男の向かったほうを視線で示しつつ問えば、「……いとこ」とこれも億劫そうな返答があった。

「いとこ……？　って、あっ！」

もう何年もまえの記憶がよみがえり、千晶は声を裏返した。

「そういえば名刺もらった……！」

「思いだしていただけました？」

にこり、とまた微笑む男――柴主寓護。ノーブルであまい美形は、面白そうに眼鏡の奥の目を細めた。

「あ、はい、すみません。あのころのこと、あんまりよく覚えてなくて……」

「ははは、大変そうでしたからね、無理もない」

さらっと言った言葉の含み、そして彼と初対面したときの状況を思いだし、千晶は沈黙する。

あのころ、『王将』としてどこまでも夜の街に君臨していた将嗣は、雑誌記事に面白おかしくご乱行のすべてを書き連ねられるのが常だった。

記憶を呼び覚まされて苦い顔をする千晶に、将嗣も憮然となったまま。

寓護だけが、とことん空気を読まずさわやかに笑みを浮かべるばかりだ。

「あの、もしかして当時から、いろいろご存じで……？」

千晶の問いに、寓護は「それは、まあ」と目を細める。にこやかなのに本心の知れない笑顔に、千晶は不信と圧を感じて固まる。

「……おい」

将嗣はそんな千晶を庇うように、長い腕を伸ばしてみせた。その態度に千晶はむろん、寓護も一瞬驚いた顔になり、ややあってふと、今度はひどくやさしく笑ってみせた。

「これは失礼。いや、しかたないんですよね。家柄上どうしても、関わるひとの素行調査はしなくちゃいけなくて」

「寓護」

じろりと睨みつける将嗣の目つきは、千晶ですら震えあがるような鋭さがあった。けれど寓護は、まったく気にした様子もないまま言葉を続ける。

「わかったことは、あなたはとても、ぼくのいとこに大事にされているってことだけだったので」

「いらねえことは言うな」

「……っ」

千晶は思わず赤面する。それを面白そうに眺めたあと、寓護はしなやかな手のひらでドアを示した。

「まあ、まずはなかに入りましょう。立ち話もなんですから」

「おまえが言うな！」

誰の家なのかと驚くようなゆったりした態度で、寓護はふたりをリビングへといざなう。声を荒らげつつもしかたなくついていけば、寓護は優雅な仕種でソファに腰をおろし、長い脚を組んだ。

どこまでもリラックスした態度の彼に混乱させられつつ、千晶はおずおずと問いかける。

「……それであの、本日はどういったご用件で？」

将嗣に庇われたことにはすこし嬉しくなりつつも、まだ警戒は解けない。

――家柄上どうしても、関わるひとの素行調査はしなくちゃいけなくて。

ファーストコンタクトから、将嗣と千晶の関係を知っていた、というあの言葉は、単なる説明か、それとも警告か。身がまえたままに立ちすくむ千晶の横で、将嗣も同じように――『こちら側だ』と示すように、いてくれるのが心強い。

じっと見つめたさき、なにかを検分するような寓護の目と視線がぶつかる。切れ長のうつくしい目はそれだけに強く、怯みそうになる脚をこらえていれば、いままでいちばんにっこりと楽しげに、彼は笑った。

「遊びに来ました」

「……は？」

千晶が声を裏返せば、彼はさらに言う。

「将嗣が何度言ってもぼくと遊んでくれないので」

しれっとした態度の寓護に、将嗣が頭を抱え、「ハアー……」と、肺の奥からすべての空気を吐きだすようなため息をつく。

「あそびに……」

復唱する千晶の脳内で「あーそびーましょー」とやりとりする子どものふたりが浮かぶ。といっても顔はぼんやりしたものだ。生まれたときから大人だったといわんばかりの男たちの幼少期など、想像しろというほうが無理だろう。

「あの……将嗣？」

寓護の言葉の意図は、と横目に問いかけるが、眉間に皺を寄せた男は軽くかぶりを振る。

「こいつの考えてることがわかったためしはない……」

うんざりした声に、寓護はますます笑みを深めて明るく言う。

「ひどいな、将嗣にいさんになついてるだけなのに」

「ヤメロ気色の悪い！」

にいさんなどと呼んだこともないくせに。吐き捨てながらようやく、将嗣は寓護の対面する位置にどかりと腰をおろした。

おそらく、睨みあいというか、腹の探りあいは終わったということなのだろう。ふっと息をついた千晶は、そのことで自分が緊張していたのだと気づかされた。

「あ、えっと、お持たせですが、ケーキ持ってきますね……お飲み物は、コーヒーで？」

「ああ、ありがとうございます。ブルーマウンテンかモカがあれば嬉しいです」

「どこまで図々しいんだよ。千晶、あるもんでいい」

「えっと……ブルマンはあったから、淹れてくるよ」

あわてて寓護の持ってきたスイーツをとりあげ、台所へと向かった。コーヒーとケーキの用意をしつつ、千晶は内心つぶやく。

（びっくりしたな。将嗣でも勝てない相手って、いるんだ……）

にこにことする寓護のことが、すこしずつわかってきた。温厚で物腰はやわらかいけれども、言葉ひとつでひとを動かす――ひとに命じることに慣れきっている人種だ。

威圧的な将嗣とはある意味対極であるように見えるけれども、人的ヒエラルキーにおいて、上位であることを当然として生きてきた人間の気配がすごい。

「お待たせしました……」

コーヒーを淹れ、運んできた千晶は、言葉を交わすいとこ同士を眺めてわずかに息を呑んだ。

「――だから、なんでこんな唐突に来るんだって言ってんだよ」

「予告したら、将嗣は拒否するだろう？　他意はなく遊びに来たんだから、そう邪険にしなくたっていいだろう」

「おまえと遊びたくなんかねえんだよ、こっちは」

（イケメンは……『バタフライ・キス』のおかげで、だいぶ慣れたと思ってたけど）

ホストの若手たちと、寓護はあきらかに質が違うのだと思った。接客業というある種のエンターテインメントを身につけている彼らとは違い、寓護は柔和であっても、いっさいの媚びがない。

なにもかもが上質で、グレードが高い。そしてその優雅なうつくしさを荒削りにし、もっと本能的な圧を強めたのが将嗣なのだと思う。

「ひどいな、聖（たから）が『おじさまはいつ遊んでくれるの』って何度も言うから、打診しに来たのに」

「なんでおまえの娘と遊ばなきゃなんねえんだ……ガキがホストに絡むなつっとけ」

「元ホストだろ？　それにあの娘が将嗣を気に入ったんだから、あきらめて」

「俺の意思は無視か！」

どうやら、寓護には幼い娘がいるらしい。そして将嗣のことをお気に入りにしているようだ。少女になつかれる将嗣というシュールな図を想像し、千晶は笑ってしまう。

できるだけ邪魔にならないようそっと、ケーキとコーヒーをサーブしながら、ほころんだ唇のままに告げた。

「お手前失礼しますね。……仲がいいんですねえ」

「ありがとうございます。はい、むかしから」

「どこがだ！」

くすくすと千晶は笑う。将嗣はこめかみに血管を浮きたたせて怒鳴り、寓護はやはり、微笑んだままだ。

「お嬢さん、おいくつですか」

「やめろ、そいつに娘の話を振るな……」

長いぞ、とうんざり顔になる将嗣がめずらしくて、千晶はますます笑ってしまった。寓護はいそいそと身を乗りだす。

「八つになりました。可愛いんですよ、写真ご覧になります？」

さっとスマートフォンをとりだし、素早くフォルダを開いた寓護の見せてきた画面には、おそらく七五三だろうか、高級そうな着物姿の着飾った少女が、つんと澄まし顔で写っていた。

「うわあ、美少女……」

結いあげたストレートの黒髪もつややかで、うっすらと化粧した顔立ちは八歳にしてもう完成した美貌を誇っていた。

（……あれ？）

千晶は不思議なことに気づいた。寓護と将嗣が並んでいても似ているとは思わない。なのにこの少女の写真を見れば、なるほど将嗣と寓護に血がつながっていることがよくわかる。

「……お嬢さん、なんだか……あなたがたふたりに似てますね」

「えっ、そうですか？」

「やめろ」

嬉しげに寓護は声をはずませ、将嗣はますます顔を歪める。本当にここまで感情を乱すこの男というのは、めずらしい。千晶はまじまじと眺めてしまった。

「……なんだよ」

「いや、将嗣がこんなに……その、反応する相手、はじめて見たから」

ぽかんとする千晶に寓護は吹きだした。

「アハハ、それ、千晶さんが言います？」

「千晶って呼ぶな」

「いやだって、将嗣のパートナーだろ？　じゃあぼくの親戚みたいなもので……義理のいとこってなんていうんだっけ。千晶さんってぼくより年下でしたかね」

「いえ……年齢を存じませんから……」

ぐいぐいくる寓護に気圧されつつ答えれば、「ぼくは将嗣のふたつ下です」と教えられる。

「あ、じゃあ同い年だ」

「おや。じゃあ千晶くんでいいですかね」

くすくすと笑う寓護はおそらく、千晶の年齢などとっくに知っているはずだ。当時も、そしていまも調査くらいは入れているのだろう。むかしはいざ知らず『柴主』の家がどういうものなのか、いまの千晶は知っている。

寓護のやわらかく明るい微笑みのうしろには、きっとひやりとしたものが潜んでいる。だから、ほんのわずかに意趣返しをしたくなった。

「……柳島、でお願いします。さほど親しくないかたにファーストネームを呼ばれるのは、ちょっと苦手なので」

静かに告げれば、おや、というように寓護が目を瞠り、将嗣がにやりとした。

「だってよ、寓護」

「おや、きらわれたかな」

「きらうほど、まだ存じあげておりませんから」

こちらも微笑んだまま切り返せば、今度こそというふうに寓護が吹きだした。

「っはは！　なるほど！　失礼しました。では今後次第ということですね」

「今後なんかねえよ」

「ぜひそのうち、うちの娘といっしょに食事でも」

「……将嗣がいっしょなら？」

「おまえもまじめに返答すんな！」

イライラと言う将嗣は面白かったが、あまり調子に乗るとあとが面倒だ。「だそうです」と千晶は肩をすくめ、寓護も同じく目を細めた。

「コーヒーいただきます。……うん、おいしい」

「ありがとうございます。ドリッパーにちょっとハマってるので」

素人の趣味程度だが、コーヒーについてはだいぶ腕をあげたとは思う。将嗣のとなりに腰を落ちつけた千晶は、自分で淹れたそれをすすり、ほっと息をついた。

丁寧にひいた豆を丁寧に蒸らして湯を落とす。焦らずにやればコーヒーの味はまるく、あまみすら感じられる。

「焦ったり、急いだりしてしまうと雑味が出るので、かげんが難しいんですけどね」

「……なるほどね」

ふふ、と寓護が笑い、将嗣が顔をしかめた。なにか変なことを言っただろうかと千晶が首をかしげれば、きれいな所作でケーキにフォークを入れた寓護が「なんでもないですよ」と言った。

「ともかく、今後とも宜しくお願いしますね、柳島千晶さん」

「……フルネームですか」

食えない男だと思いつつも、やはり笑ってしまう。高級なケーキはどっしりとしたチョコレートの、濃厚な風味と食感がたまらない逸品だった。

コーヒーとの調和がすばらしく、うっとりとしながら甘味を味わう。

（にしても、目の保養では、ある）

タイプの違う、うつくしい男たちがふたり。

かぐわしいコーヒーの香りに包まれ、舌にも目にもうるわしい、贅沢な午後の一幕だった。

＊　＊　＊

数時間後、しっかり夕食までいっしょにして、寓護は「また来ます」と長い指をひらひらさせながら帰っていった。

「なにしに来たんだあいつは……」

「遊びに来たんだろ？」

くすくすと笑いながら千晶は台所を片づける。

近くの洋食店からデリバリーした夕飯だったが、賑やかで楽しかったと思う。ふだん将嗣はそうしゃべるほうではないけれど、寓護がいると無理矢理に口を開かされることが多く、長いつきあいのなかでも知らない顔をいくつも見られた。

「また来てもらったら？　お嬢さん、会ってみたいよ」

「……ふん」

面白くなさそうに将嗣が鼻を鳴らす。わりと本気でへそを枉げている声だ。

「え、なに？　本気でなんかふてくされてないか？」

「……寓護がいると、えらく楽しそうだな」

言われた言葉の意味がしばらくわからず、千晶は目をしばたたかせた。

「え、なにその、やきもち焼いてるみたいな」

返事はない。が、否定もされなかった。ますます驚いて、目がまるくなる。

「……嘘だろ？」

ふい、と将嗣はその場を離れた。食器を洗っていて泡だらけの手のまま、千晶は呆然と立ちすくむ。そしてほとんど機械的に台所を片づけて、将嗣の向かっただろうほうへと足を進めた。

「あのう」

案の定、自室でベッドに転がった男は、千晶に背を向けたままだった。

そっと広いベッドの端に腰を落とし、まるめた背中に手を添える。

「寓護さんがいると、将嗣のめずらしい顔がいっぱい見られて、楽しかったよ」

「……わかってる」

「うん」

「けど、あいつは……むかしから、どうも調子が狂う」

ああ、と千晶は微笑んだ。

「そういうの見られたくなかった？」

いつでも泰然（たいぜん）としている男の、素の顔に近いなにか。身内だけに見せるそれを、この男もやはり持っていたのだ。

千晶が親族に顔向けできないと悩んだ時期、どうしてそんなに家族にこだわるのか、まったく将嗣はわからないようだった。

悩ましいだけなら、面倒な相手なら、捨ててしまえと。

その手をとるのは自分だけでいいだろうと、あのころ本気で思っていたのは知っている。

（変わったんだな）

たぶんお互いが、お互いを追いつめ思いつめるのではなく、すこしだけ握った手をゆるめても大丈夫だと、信じられるようになった。

なにか劇的なことがあった、というわけではない。むしろ劇的にすぎた過去があって、驚くほどゆるやかに流れた時間がやっと、「変わりながら変わらない」ことを、ふたりに教えたのだという気がしている。

「お嬢さん……たからちゃん、だっけ。どんな子なのかな」

「こまっしゃくれたガキだ。おじさま、とか気色悪い呼び方しやがるから、やめろっつった」

「あっはは。お嬢様なんだからしかたないだろ」

「……ジジイの葬式で会ったんだ」

そう、とうなずいて、千晶は広い背中を撫でる。

将嗣の人生を――ある意味では日本の政財界すらも支配していたという祖父、柴主鷹将(たかまさ)。昭和の傑物(けつぶつ)といわれたその人物が、じっさいにどれほどの影響力を持ち、なにを為してきたのか千晶は知らない。

知らないでいい、と将嗣が言ったからだ。知ってほしくない、という意味だと受けとって、だからあえて調べることもしないまま、目をつぶっている。

わかっているのは、憎々しげに「ジジイ」と呼ぶ将嗣の嫌悪と憎悪の象徴であり、同時に別ちがたく絡まった血族という楔そのものだった、ということだけだ。

それでも、寓護や聖の存在は、きっと将嗣のかたくなな心をほぐすためのよすがになってくれていたのだろうと、想像に難くない。

「会ってみたいな、お嬢さん」

将嗣はなにも言わず、ごろりと寝返りを打った。乱れた前髪の隙間から覗く切れ長の目は、どれほどの年月が経ったところで千晶の心を乱さずにいられない。
手を差し伸べられれば、落ちる。そういうふうにしつけられた。
あまいコーヒーのあとくちが残る口づけに、眩暈がした。

そのひとをはじめて見たときのことを、いまだに覚えている。

パパによく似ていて、けれどまったく似ていない、気だるそうで億劫そうで、そのくせに気配と眼光はやたらに鋭い、野生の獣のような雰囲気の男だった。

もちろん、その当時は子どもであったから、彼に覚えた違和感や畏怖といったものを、すべて明確に言語化できたわけではない。

それでも強烈で、忘れがたく、いつまでも残った記憶を反芻するうちに、どうにか言語化できていった次第だ。

わたしの名前は、柴主 聖。柴主家の跡取りである、柴主寓護の唯一の子ども。

おそらくこのまま長じれば、家にまつわるあれこれ――財産だとか人脈だとか権力だとか、そういったややこしいものたち――を受け継ぐことになる子ども。

本筋ではないくせに、妾筋が――と、父を嘲笑う声。幼いころからやたらに聞かされた言葉たちから察するに、父の父親となる祖父は、妾腹の生まれというやつだったそうだ。

しかし、曾祖父である柴主鷹将の本妻、その唯一の子どもであり、総領娘として育てられたはずの長女、わたしからすると大伯母であるそのひとは相当に奔放な質であったようで、曾祖父の元に赤ん坊をひとり置いてふらりと行方をくらませた。

もう、わたしが生まれるよりずっとずっとまえのことだ。

そして、柴主家母屋の縁側で、ひそひそとささやかれる陰口にうんざりしているかのように、つまらなそうな顔で煙草をふかしているのが、本来の直系長子、柴主将嗣。

のちに、源氏名『王将』としては歌舞伎町に君臨し、一時代を築いたという伝説のホストである事実を知ることになるわけだが、はじめての出会いで、まだ年齢が十にも満たなかったわたしがそんなことをわかろうはずもない。

そもそも、大人と口を利くことに、そんなに慣れていなかった。理由は単純、こちらを見おろす目には嘲笑と妬みが浮かび、父のいない場所ではさきに触れたようなことを、ねっとりじっとりと言い聞かされるのが常だったからだ。

わたしとしては、どうにも身の置き所のない日だった。曾祖父が亡くなって、まずは対外的な葬儀をやって、それから本家の母屋でお別れ会をやって――父である寓護はそのすべてを取り仕切り、挨拶、挨拶、挨拶を繰り返していた。

葬式の日の子どもなど、大人しくしているのが仕事で、それ以外になにもない。同世代の子どもたちは親に言いくるめられているのか、こちらをちらちら窺うだけで声もかけてこようとしない。

無理もない話だった。この日、喪主として振る舞っているのはわたしの父で、曾祖父を看取ったのも父で、後継者としての遺言を託されたのも父だった。

祖父は存命ではあるが、曾祖父にかなり若いころ『使えん』と言われ、傍系の会社の役員として、なにもせずお手当だけをいただく閑職についていた。本人もあまり野心のない、やさしいけれど覇気のないひとであったらしい。

結果、父である寓護にこの柴主家の全権がのしかかってきた。それにおもねろうとする者、あるいは納得がいかず反発する者たちの濁った思惑が、広い屋敷に濃密に溢れていた。

そのなかで、ぽっかりとひとの輪からはずれている――というより、奇妙なくらいに周囲にひとがいなかったのが、将嗣――おじさまだった。

異様な覇気に満ちていて、けれどそのときのわたしにとっては、忙しい父に代わって唯一、呼吸ができる場所のように思えた。

だから、あちらこちらを右往左往する親族の女性や、お手伝いの黒服のひとたちが言う言葉を、なんとなくかけてみる。

「おのみものは、いかがでしょうか」

拙い子どもの声に、くわえ煙草のまま振り返った男は、父に似ているような、似ていないような、不思議な感じがした。視線は冷たく、ひとを見ているというよりも、珍奇な動物でも眺めているかのようだった。

「……飲み物って、なに」

「おビールと日本酒、ジュースは、コーラとオレンジがあります」

客とスタッフの会話で覚えたそれをそのまま言う。将嗣おじさまは片眉をあげて、片目をすがめた。わたしの言葉に反応したというよりも、煙が目に染みたような所作だった。

「酌女やるには若すぎだろ。いくつだ」

無視されるか、叱られるかと思った。けれど将嗣はふつうに会話を続けてくれた。

「このあいだ、ななつになりました」

「ってことはやっぱり、寓護の娘だな」

やっぱりとはどういうことだろうか。まるでわたしを知っているかのような口ぶりに首をかしげれば、将嗣おじさまは着崩したスーツの内ポケットからスマートフォンをとりだす。

「てめえのオヤジが、七五三だとか言って写真送ってきやがった」

「あら、おじいさまも」

着物を着てめかしこんだわたしと、父と、それから曾祖父が三人で撮った写真だ。いかめしいひとではあったが、きらわれていなかったし、それなりにかわいがっていただいた。ふだんよりすこし口元のしわがすくなく、眉間がゆるくて、上機嫌でいらしたあの日を思いだすと、涙が出た。

「……ん」

ほとほとと画面に涙を落とせば、驚いたことに真っ白なハンカチを差しだしてきたのは将嗣だった。子どもへのやさしさというよりも、女の涙に慣れているのだな、とそんなふうに感じたことをいまも覚えている。

わたしも、柴主の家に生まれ育って、けっこうに揉まれた子どもではあったのだ。淑女らしく受けとり、眦（まなじり）へそっと押し当てて拭いた。この日は化粧をしていないが、七五三や舞のお稽古のときに、顔を崩さない汗や涙の拭いかたはすでに学ばされている。

すんと鼻をすすり、お礼を述べてハンカチを預かる。

「ありがとうございます。洗ってお返しします」

「いらねえよ。捨てろ」

ひらひらと長い指を振ってみせるのは、去れという促しだった。しかしわたしは、やっと呼吸ができ、やっと泣くことができた、この男のそばを離れるのはいやだった。

いま、父は有象無象（うぞうむぞう）の親族と会社関係者たちと、笑顔で戦い続けている。娘のわたしを連れまわさずにいるのは、ある意味ではやさしさでもあり、ある意味では厳しさだ。

父の陰に隠れて悪意をやりすごすことはできない。足を引っぱりたくもない。ならば、セーフゾーンは自分で見つけてしのがねばならない。

柴主の、娘なので。

「将嗣おじさま、それで、お飲み物は？」

「おまえ、瓶落とさずに持ってこられんのか?」

「お持ちいたします」

たしか、厨には缶ビールもあったはずだ。それなら問題がない。うなずくと、将嗣は嫌な顔をしたあと、手元の灰皿に煙草を押しつけ、消す。

そして尋常でなく長い脚で、立ちあがった。

「あの……」

どこかへ行ってしまうのだろうか。思わずすがる目をしたあたり、まだわたしも幼かったと思う。だが将嗣は、まっすぐに、見おろしてきた。

子どものわたしに、目線をあわせるため屈むような真似をしないかわりに、この目に耐えられるのかと問うように、手加減なく、静かに睥睨された。

「おまえは?」

「はい?」

「おまえの、飲むやつは」

「え……と」

本当にこれでホストのような接客業についていたのか、とのちに疑いたくなったけれど、あの男の立ち位置はあれでよかったのだ。

王の名をつけた源氏名で、王のごとく振る舞ってきた、それに付き従ってかまわないと許されたのだと、わたしは幼いながら、おんなとして理解した。

「ペリエを」

あまいジュースは太るし虫歯になるし美容に悪いと、お手伝いでありしつけの先生でもある家政婦長が言っていて、だからわたしはコーラやジュースはほとんど飲まない。

習い性でそう答えたら、将嗣はまた片眉をあげた。ほとんど動かない表情のなか、彼の眉だけは案外に饒舌だと知る。

「それは、飲みたいのか、それともそうしなきゃいけねえのか?」

こまっしゃくれた回答を笑うでもなく、ただ問われて、答えに窮した。その後「飲んだらすぐ歯磨きできないので、あまいものは」と言えば、今度こそ将嗣は「くは」と吹いた。

「教育が行き届いてるこったな」

「……あっ、あの、どこに」

くるりと背を向けられ、思わず追いかける。歩幅をゆるめることはしないから、わたしは小走り、将嗣はゆったりと。

だが、たまに振り返る。長い廊下、座敷横をとおるたびにわたしと将嗣に視線が刺さって、けれどいつものように胸苦しくならなかった。

だって、王様が堂々と道を作っていて、わたしはついていけばいいのだもの!

厨房に行くと、ふだんの数倍のひとでごった返していた。お茶、お酒、御斎のための寿司や弁当、ある程度は一気に出したが、都合であとから来る顔ぶれもある。そのたび、親族とスタッフの女性陣とはてんてこ舞いだ。

そこに顔を出したわたしと将嗣のとりあわせに、家政婦長はすこし驚き、でもいつものように静かに微笑んで問いかけてくる。

「あら、お嬢様。どうなさいました」

「飲むもん、なんかあるか」

「将嗣さまには、こちらでよろしいですか」

いろいろとわきまえた女性らしく、缶ビールのロング缶をすっと出してくる。将嗣はそれを受けとり「これのは」と、足元のわたしを指さした。

「コーラ、出してくれ」

「えっ……」

驚いたのは、わたしだけだった。家政婦長はなんら反応せず、「はい、どうぞ」とコーラのペットボトルを差しだしてくる。

これも驚いたことに受けとったのは将嗣で、「どうも」とそっけないにもほどがある会釈をすると、もと来た道を戻りはじめた。

わたしはよくわからないまま、家政婦長と将嗣を交互に眺め、しかしやっぱりまったく歩幅をゆるめることのない男に、あわててついていった。

「あの、コーラ、どうして」

「飲みたくねえ、とか、きらいだ、とは言わなかっただろう」

だから、と言って、振り返らない男はコーラをわたしに差しだす。

「いらねえなら、俺が飲むさ」

「の、飲みます！」

五〇〇ミリリットルのペットボトル。わたしはたぶん、これをひとりでは飲みきれない。どんな味かも知らないし、もしかしたらおいしくないと感じるかもしれない。

いままで、もっと素敵なものを父や、それ以外の誰かにもらったことはたくさんある。

こんなそっけない黒い飲み物じゃなくて、ラッピングされて上質で高級な、たまにだけ食べていいスイーツや、香り高い茶葉での蜂蜜（はちみつ）入りのミルクティを口にしたことだってある。

けれど、ものすごく嬉しかった。どきどきした。

振り返らない男は、自由で、やっぱり王様で、彼が歩くとざあっと、いらないものが避けていくのだ。

そのうしろをわたしは、ちいさくちいさく走って、ついていく。

案の定コーラは飲みきれなくて、しかもペットボトルから直飲みなんてしたこともないものだから、むせるし、しゃっくりは出るし、とても淑女としてふさわしくない飲み物だということはわかった。

　将嗣はニヤニヤしながら、煙草を吸いながら、長い銀色のビール缶をごくごくやっていた。だらしなくて、悪そうで、ちっともパパに似てないわ、なんてことを思ったりした。

けれどこのひとの自由さは、簡単に手に入れたものではきっとない。そのことを、すでにわたしは柴主の娘として察していて、だからこそ、憧れた。

「おじさま、今度また、会えますか」

「その気色悪い呼びかたやめろ」

　会えるとも会えないとも言わないまま、返ってきたのはそんな言葉だ。

「じゃあなんとおよびしたらいいですか」

「おまえのオヤジに訊きな」

　父はどう言うだろうか。そう思いながら、きっと今後もたいして顔をあわせることのない従伯父を、じっと見つめるしかなかった。

　そのあとのことは、よく覚えていない。気づけば子どもにはずいぶん遅い時間になっていて、次に意識を戻したのは父の運転する車の後部座席、シートベルトのうえから父の上着をかけられて、うつらうつらとしている最中だった。

「ねえ、パパ」

「なんだい、聖」

「わたし、将嗣おじさまに、おじさまって呼ぶなと言われたわ。なんて呼ぶとよいのかしら」

それはそれは、と父は笑って、そのあとやっぱりわたしは眠ってしまい、答えをよく覚えていない。

いずれにせよ、それからわたしがあの王様に出会うまでは、子どもにとって長い長い年月がかかったあとの、話なのだ。

# 花蜜と蝶の戯れ

たまに、夢を見るときがある。

いまの自分よりもうすこし若く、けれどいまの自分より何倍も疲れきっていて、ただただ、「早く終わらないか」とそればかりを考えている、そんな夢だ。

柳島千晶は、その夢を見るときいつでも、すこしだけ自分と乖離(かいり)したような感覚がある。

いまはもう遠方に移転したため存在しない、以前の勤め先である見慣れた会社のオフィスで、延々と書類をシュレッダーにかけ、延々とエラーを吐きだすプログラミングをデバッグし、延々と同僚の愚痴を聞いて——乾ききった心のまま、ひとりの部屋に帰る。

気ばかりが急いて、そのくせ終わりは来ない。徒労するばかりの楽しくない、夢。

「……っ、は」

目が覚めると、だいたい泣いている。夢のなかでは泣くどころか、ただただ無表情に、無感動に作業的な日々をやりすごして、凍った心で波風立たせずいるのに、現実の千晶は嗚咽(おえつ)を漏らし、浅くなった呼吸の息苦しさで起きる羽目になるのだ。

深く深呼吸して、ごしごしと顔をこすった。まばたきで涙を散らして周囲を確認すると、見慣れた自室の、ひとりのベッド。はあ……っと、長い息をついて、夢の残滓を振り払う。

どれもこれも、過去の再生だ。そして過剰でもあり同時に、不足している。

圧倒的に欠けているとわかるのは、どうしてか、夢のなかにはあの男が出てこないからだ。

千晶が十数年という、けっして短くはない時間を鬱屈して過ごす羽目になった元凶であり、逃げたい逃げたいと思いながらも逃げきれずに、そのくせ捨て続けた、言葉のとおり新宿の夜を統べていた王。かつて『王将』と呼ばれた男、柴主将嗣。

信奉者にも協力者にもなれないまま、ただそこに居続けろと言われて壊れかけた過去は、けっきょくのところ消え去らないまま胸にあるのだと、そうやって千晶に知らしめる。

おのれがあまりにも無価値に、肉の器に成りさがった気がしていた。そのくせして縛りつけてくる男に対して、無自覚のまま優越を感じずにいたかどうか。

あまり深く考えてもよろしくない気がして、掘りさげずにいるそれを、静かな悪夢は突きつけてくる。独り寝をした日に限って、この夢を見るのがいい証拠だ。

恋とか愛とかいうよりも、ただただ互いに執着した、そのなれの果てが、いま。

「最悪だ……」

「なにがだ」

ベッドのうえで抱えた膝に顔を伏せたとたん、返ってくる言葉があってびくりとなった。薄暗い部屋の入り口、廊下からさす逆光で表情は見えない。

「泣いてるのか」

「あ……いや、夢、見て」

すたすたと近づいてきた将嗣が、大きな手で額を触ってくる。ぼうっとするままにいれば、ぺりぺりと乾いたなにかを剥がされた。

「熱はだいぶさがったな」

「そう、かな?」

長い指がゴミ箱に放ったのは、乾ききった冷却シート。そういえば昨晩、熱を出したのだったと思いだせば、将嗣の端整な顔にかかったマスクに目が行く。同時に、自分も寝ながらそれをつけていたせいで、ひどく息苦しかったのだと気づかされた。

(変な夢見たのは、だからか)

ずいぶんとひさしぶりだった。最近ではいろんなことが楽になってきていて、かつてあれほどひりついた日々が嘘のようだからだ。

もちろん仕事は忙しいし、まったくストレスがない、とはいかない。むしろ将嗣やその片腕である春重のＷＥＢ関連に関しての無理解ならびに非協力的な対応、そのおかげで滞る業務やそれにまつわる責任については、勇気とふたりで本当に頭を抱えている。

それでも、穏やかで、平和で、おそらくは幸福でさえある日々だ。

——そうだな、できれば、……できればもうちょっと、恋人みたいに、やさしくしてくれたら、嬉しいけど。

あの言葉を、ずっと将嗣は果たそうとしてくれている。

あまい言葉や態度を、わかりやすく出す男ではないけれども、壊滅的に壊れかけた日々をどうにか繕おうとするように、目に見えて千晶の扱いがやわらかくなった。

最初は、いつまで続くものやらと、すこし斜めに、冷笑的にさえ見ていた。だがもうあれから何年が経っただろうか。その間ずっと、将嗣は千晶にやさしくあろうとし続けている。

「寝汗すげえな。着替えは？」

頬を撫でながら言う男に「自分でできるよ」と肩をすくめる。

「あと、水分とっとけ。ジュースと水、どっちがいい」

「えっと……レモネード、氷入れて、薄めで飲みたい」

「わかった。たしかレモンと蜂蜜はあった」

提示された選択肢にないことをねだるなど、かつての千晶では考えられなかった。けれど将嗣はあっさりうなずいて、すたすたと台所に向かっていく。ぼんやりと見送ったのち、いまのうちに着替えなければ本当に介護されてしまうと思いだし、あわてて湿ったスウェットを脱いだ。そしてベッド脇にあるサイドテーブルのうえに、替えの寝間着が置いてあることに気づく。

（タオルも……いつの間に）

あの『王将(キング)』がひとの看病をしているなど、『バタフライ・キス』の面々が知れば、ひっくり返るだろう。想像するだけで笑ってしまった千晶は、おかげですこし咳きこんだ。脱ぎかけのまま、ケンケンと肺のあたりが痛む空咳に背中を丸めていると、あきれたようなため息がすぐ近くから聞こえる。

「着替えできてねえじゃねえか」

「ちが……これは……っ」

氷の浮かんだタンブラーを手にした男は、千晶の手からタオルと服を奪い、さっさと肌を拭いて着替えさせてくれた。下着まで脱がされたのは恥ずかしかったが「いまさら」と笑われてむしろ、反応するのは負けだとあきらめる。しかしわずかに疑問は残った。

「……なんか、手慣れてないか?」

他人の面倒など見たこともないような男がどうしてこんなに手際よく、介助ができているのか。なんの気なしに問えば、意地悪く笑われた。

「おまえの服なら着せるのも脱がせるのも慣れてるだろうが」

「ばっ……」

そういうことかといまさら気づかされ、顔が真っ赤になる。そしてまた咳が出てしまえば、背中をさすって「飲めるか」とドリンクを差しだされた。

「あり、がと」

むせないように気をつけながら、ごくりごくりと大きな音をたてて冷たいそれを飲む。無自覚に喉が渇いていたらしく、大ぶりな、五〇〇CCは入りそうなグラスは一瞬でカラになった。息をつくと、蜂蜜とレモンの香りが喉から抜けて、さわやかなそれにほっとする。

「よし、もうすこし寝とけ」

「はぁい……」

あげくには寝かしつけられて、やはり千晶は笑ってしまう。

ホストとしての第一線を完全に退いたのもあって、将嗣もだいぶ、ゆるくなった。以前のように髪型を決めていることもほとんどなく、スーツを着るのも仕事上よほどの相手と会うときくらいになっていて、大抵は手触りのいいカットソーにルーズなボトムスのまま出社する。

いまはオフだからか、さらに楽そうなスウェットの上下だ。それでもなんとなくさまになってしまうのは、もう生まれつきの容姿のせいなのだろう。

「移るから、もう、行って。ありがとう、おやすみ」

医者にはかかっていて、感染症のたぐいではなくすこし症状の重たいカゼだということはわかっている。それでも移すのはいやだと、べつの部屋で寝ることを提案したのは千晶だ。

それで寂しくなって悪夢を見ているような弱い自分を知られたくもなく、布団をかぶって目をつぶる。

「次起きたら、飯食って薬飲めよ」

「はいはい……って」

雑に返事をした千晶は、額を叩かれたと思ったら、新しい冷却シートが貼られていた。ひんやりと冷たく、心地よいそれに、熱と涙で腫れぼったいまぶたのむくみが楽になる。

「なんかあれば、呼べ」

「……うん」

やっと、楽になったのだから、これ以上泣かせないでくれと思う。

湿った目尻を撫でる指があまりにもやさしくて、濡れた睫毛をかすめるそれは、蝶の羽ばたきほどに感じられた。

次にはもう、夢も見ないほどのあまい眠りが待つばかりだ。

# あとがき

ダリアさんから小説を出していただくのは大変お久しぶりになりました。崎谷です。

今回は過去に出していただいた、フェアやＣＤほか特典関係の番外編と同人誌の寄稿などを再録、ならびにバタフライ・キスシリーズからの書き下ろしを数本収録しています。

一部は数年前に同人誌として出したものもあり、じつのところその同人誌をそのまま電子書籍にできないか、というお話で進めていたのですが、途中で担当さんのご提案をいただき、今回の単行本として再編纂することになりました。

収録作品をご覧になればわかるとおり、様々な番外編にかなり古い作品もあります。もし未読のシリーズなどがあれば、この機会に読んでいただけるとありがたいです。

そして長いシリーズであるがゆえに、バタフライ・キスの番外編は一部、単行本やコミックス等と、小冊子で書いた短編とで、少々時系列や設定のずれが出ている話もございます。こちら、エピソードを根底から変更する羽目にもなるため、総ボツにせざるを得なくなってしまうため、プロトタイプ的にお楽しみいただければ……と思います。

同時発売のコミックスでは、本編「くちびるに蝶の骨～バタフライ・ルージュ～」にて横暴に振る舞い、思考回路が謎と言われていた王将こと柴主将嗣の過去編がお読みいただけます。後半に掲載しているものは、本編と過去編を踏まえたうえでの後日談となっておりますので、「live happily ever after」といった具合に読んでいただければ幸甚です。

今後もバタフライ・キスシリーズは続く予定です。寓護を主役に据えたスピンオフ、マンガと小説でお届けになると思いますので、続報をお楽しみに。

崎谷は現在、公式ラインを開設しています。二週間に一度、各種情報や待ち受けを配信。

公式LINE　https://lin.ee/yRurpcK　で友だち登録をお願いします。

PixivFANBOXはリアルタイムで更新情報が通知。ご支援者様には限定通販のほか先読み、SS配信などもあります。個人的な企画も満載、是非フォローやご支援をお願いいたします。

FANBOX　https://harusakisora.fanbox.cc/

今年の十一月には冬乃さんと二人展を行う予定なので、情報をチェックしてみてくださいませ。

それでは、お読みいただきありがとうございました。いずれの機会にまた、お目にかかれれば幸いです。

この本をお買い上げいただきましてありがとうございます。
ご意見・ご感想・ファンレターをお待ちしております。

＜あて先＞

〒170-0013 東京都豊島区東池袋3-22-17 東池袋セントラルプレイス5F
(株)フロンティアワークス　ダリア編集部
感想係、または「崎谷はるひ先生」「冬乃郁也先生」係

初出一覧

各作品番外編
各種特典など

SWEET OR SWEET
「Daria Sweet Book -ダリア スウィートブック-」掲載作品

貴石は蝶と出会う
同人誌「蝶愛は此岸に骨を燃やす」原案

苦い珈琲の味/甘い珈琲の味/花蜜と蝶の戯れ/あとがき
書き下ろし

Daria Series

# 花蜜と蝶の戯れ
## 〜崎谷はるひ作品集〜

2024年 4月30日　第一刷発行

著　者 ── 崎谷はるひ


発行者 ── 辻 政英

発行所 ── 株式会社フロンティアワークス
〒170-0013 東京都豊島区東池袋3-22-17
東池袋セントラルプレイス5F
[営業] TEL 03-5957-1030
https://www.fwinc.jp/daria/

印刷所 ── 中央精版印刷株式会社